TÂNIA ALEXANDRE MARTINELLI

redes de abuso

DIÁLOGO

ilustrações
Joana Lira

editora scipione

Gerência editorial
Sâmia Rios
Edição
Maria Viana
Editor assistente
Adilson Miguel
Preparação
Nair Hitomi Kayo
Revisão
Eloísa Maués, Amanda Valentin,
Ana Luiza Couto, Thiago Barbalho
e Lilian Ribeiro de Oliveira
Edição de arte
Marisa Iniesta Martin
Programação visual de capa e miolo
Rex Design
Diagramação
Rex Design
Programação visual do roteiro
Didier Moraes

editora scipione

Av. Otaviano Alves de Lima, 4400
Freguesia do Ó
CEP 02909-900 – São Paulo – SP

ATENDIMENTO AO CLIENTE
Tel.: 4003-3061

www.scipione.com.br
e-mail: atendimento@scipione.com.br

2023
ISBN 978-85-262-6761-9 – AL
ISBN 978-85-262-6762-6 – PR
Cód. do livro CL: 735909
1.ª EDIÇÃO
10.ª impressão
Impressão e acabamento
Forma Certa Gráfica Digital

Dados Internacionais de Catalogação na Publicação (CIP)
(Câmara Brasileira do Livro, SP, Brasil)

Martinelli, Tânia Alexandre

Redes de abuso / Tânia Alexandre Martinelli; ilustrações de Joana Lira. – São Paulo: Scipione, 2007. (Série Diálogo)

1. Literatura infantojuvenil I. Lira, Joana. II. Título. III. Série.

07-7174 CDD-028.5

Índices para catálogo sistemático:
1. Literatura infantojuvenil 028.5
2. Literatura juvenil 028.5

Para

Fernanda Martinelli
e Aurélia A. Pellisson

SUMÁRIO

PARTE 1

Capítulo 1 8
Blog em construção 9
Exploração histórica 12
Capítulo 2 17
Uma história emocionante 19
Deu no jornal 21
Capítulo 3 23
Ânsia 26
Livro com cheiro de livro 28
Problemas, problemas... 30
Difícil de compreender 31
Novidade na rede 33
Capítulo 4 36
Atualizando o *blog* 38

PARTE 2

E-mails 43
Sensação estranha 45
O *site* 48
Medo 50
Tudo muito confuso 52
Alguém para ajudar 57
Uma pequena pausa 60
O investigador 62
O fã 67

PARTE 3

Capítulo 5 72
E-mails, e-mails... 73
Angústia 76
Capítulo 6 77
Mais *e-mails* 80
Livros eletrônicos 82
Segredos 85
O lançamento 87
Capítulo 7 92
Capítulo final 96
O *site* de Verônica 97
O último *e-mail*, um ano depois 99

PARTE 1

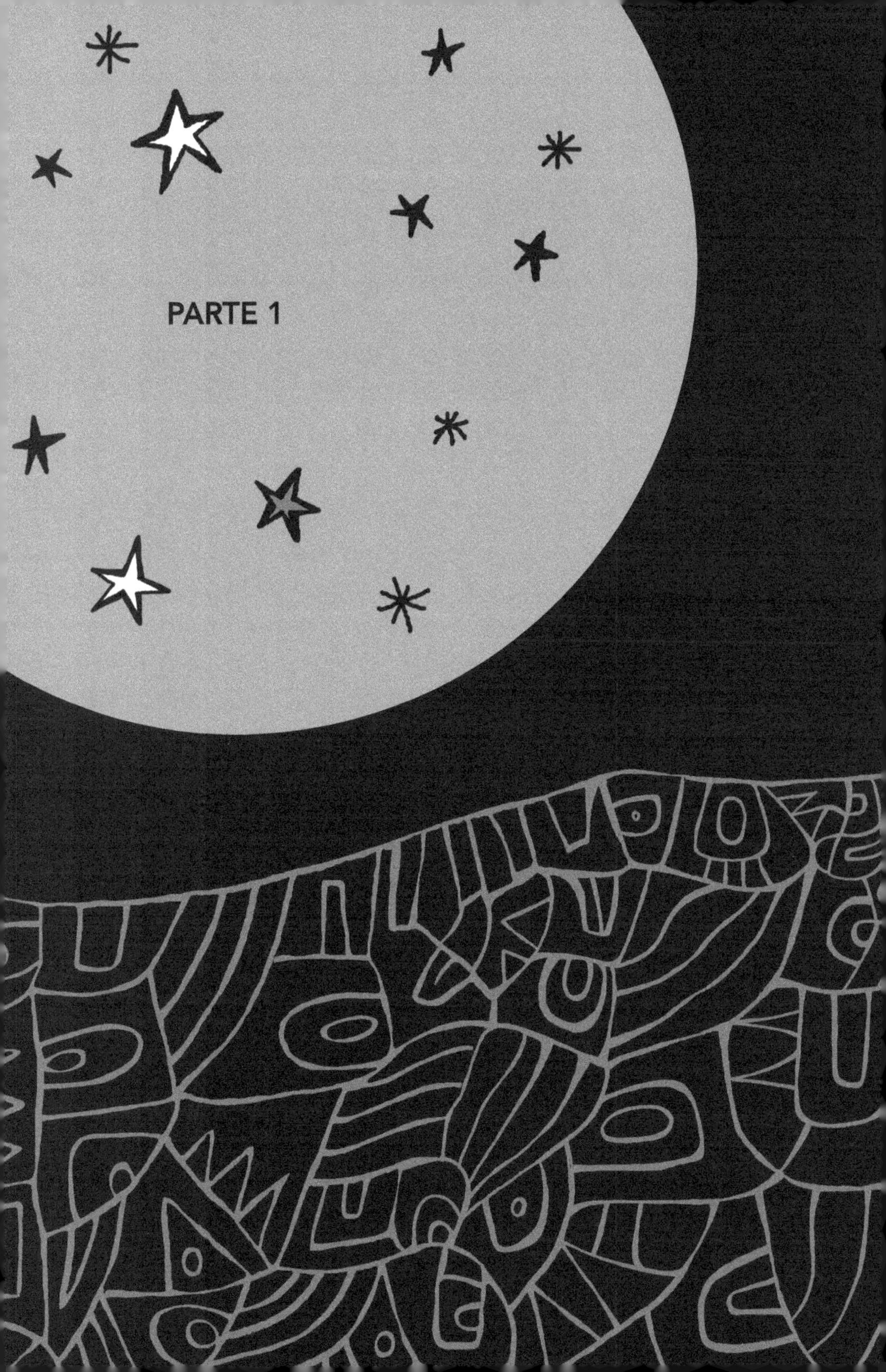

Capítulo 1

Lá estava ele, feito animal à espreita da caça. Um predador, que sabe bem o que quer.

Sem muita pressa, caminhava com a máxima atenção, pois precisava procurar, escolher. Talvez fosse assim que batesse os olhos. Talvez não. Mas uma intuição, quase uma certeza, lhe falava: saberia assim que a olhasse.

Às duas da manhã, a festa estava apenas começando. Sabia-se lá a que horas poderia terminar. Se dependesse das pessoas que lotavam as pistas de dança, ainda faltava muito. A música eletrônica agitava todos num ritmo acelerado. Diversas cores entrecortadas por muita fumaça pairavam sobre a cabeça das pessoas que dançavam sem parar.

Ensaiou alguns passos. Não era difícil. Bastava movimentar o corpo de acordo com os ritmos comandados pelo *DJ* e deixar que a batida eletrônica o conduzisse.

Instantes depois, dispersou-se na multidão, abrindo passagem. Encontrou um bar. Pediu uma bebida, tomou um gole. Durante vários minutos, ficou girando os olhos para todos os lados. Ainda muita fumaça, muitas cores e luzes. Olhou, olhou, olhou. Até que viu.

Era uma das garotas que dançava ali perto. Concentrou-se nela durante algum tempo. Ela nada percebeu. Dançava sozinha ou com um grupo de amigos? Não soube responder. Quem se importava? Era loira, não muito alta, usava *piercing* no nariz, calça preta e uma blusinha frente única azul-turquesa. Os cabelos eram lisos, compridos e estavam soltos, esvoaçantes, dançando também ao ritmo da música. Quantos anos devia ter? Calculou uns 16, talvez 17.

Sentiu a batida do coração mais rápida. Uma pressão no peito, uma falta de ar. Fez o possível para controlar a ansiedade. Respirou devagar e profundamente algumas vezes. Deu certo. Sentiu-se mais centrado. Então sorriu. Não sabia se era para a garota ou para si mesmo. Mas era um sorriso de satisfação, disso tinha certeza. Um sorriso que ela viu e correspondeu. Tudo certo.

– Não quer beber alguma coisa comigo?

Nessa hora, já lhe falava ao ouvido. Ela topou, dizendo que ia adorar. E ele vibrou, por dentro, quase explodindo. Louco. O coração agora num ritmo ainda mais descompassado. De novo aquela pressão no peito. Ansiedade, ansiedade.

Tinha finalmente encontrado sua caça. Finalmente! E o melhor de tudo viria depois. Ele, já sozinho, em segurança; ela, interrogada sobre o acontecido. E a resposta, que não poderia ser outra:

– Eu não me lembro! Eu não me lembro!

Blog em construção

Verônica desligou o computador. Durante alguns instantes ficou com os olhos fixos na tela escura, sentindo-se hipnotizada. Era como se houvesse um campo magnético que a prendesse ali e a impedisse de pensar em qualquer outra coisa. Isso sempre acontecia quando estava concentrada, digerindo algum assunto ou história.

Mas assim que viu as horas no rádio-relógio, no minuto em que sua mente começou a tomar consciência da realidade, levou um susto: seis e meia da tarde. Nossa! Ia acabar se atrasando de novo.

Levantou-se da cadeira apressadamente e abriu a porta do guarda-roupa, à procura da camiseta. Foi até o espelho com um pente e começou a desembaraçar os fios. Dava um trabalho danado manter bonita aquela cabeleira toda. Seus cabelos eram compridos, desfiados nas pontas, e agora estavam pintados de vermelho. Adorava essa cor. Combinava com sua pele clara.

Seis e cinquenta e cinco, e a garota já estava na porta da sala de aula. Entrou esbaforida, dirigindo-se ao seu lugar. Verônica cursava o segundo ano do ensino médio, à noite.

– Cheguei!

– Nossa! Que aconteceu pra você entrar desse jeito, Verônica?

– Resolvi dar uma reestruturada geral no meu *blog*, Bárbara.

– Ah, é?

– É. Andei pensando. Olha só, o *blog* é uma excelente ferramenta de comunicação, um modo de nos expressarmos, de nos mantermos atualizadas, bem informadas...

– Sei, mas isso pra quem tem Internet, você quer dizer. Eu, por exemplo, nem tenho computador. E assim acontece com milhares de pessoas, minha querida.

– Tá, Bárbara, mas você pode acessar a Internet na biblioteca da nossa escola, na casa da sua melhor amiga, no caso eu, em algum *cyber café*, *lan house*... isso não é desculpa. Concorda ou não concorda comigo que o *blog* pode ser um excelente meio de informação?

– Concordo com você. Mas ainda não entendi onde você quer chegar com essa história de mudar o seu *blog*...

– Bom, pra começar, quero que ele seja um formador de opinião.

– Isso é legal! E como vai ser?

– Ainda não sei. Estou pesquisando algumas coisas, lendo bastante. Há muito a ser falado, Bárbara. São tantas injustiças, tantos preconceitos, discriminações, que daria para fazer uma lista! Mas não dá pra falar de tudo. Acho que a gente tem que selecionar um assunto e escrever, debater, trazer informações, fazer-se ouvir. É isso.

– E você ainda não tem nenhuma ideia sobre o que escrever?

– Claro que eu tenho! As questões que envolvem a mulher, por exemplo. Ando com vontade de explorar esse assunto.

– Bacana, Verônica. Mas e aí?

– Então, eu estava fuçando na Internet quando encontrei isso. Imprimi pra você ler – Verônica tirou um papel do meio do seu fichário e entregou à Bárbara.

> Uma iraniana, espancada todos os dias por seu marido, pediu a um tribunal que dissesse a ele para limitar as surras a uma vez por semana. Maryam, uma mulher de meia-idade, disse que não queria se divorciar porque amava o marido. A mulher pediu ao juiz: "Apenas diga-lhe para me bater uma vez por semana... bater é parte de sua natureza e ele não pode parar com isso". O tribunal de Teerã declarou o homem culpado e o proibiu de espancar a mulher. O marido explicou ao juiz que "se eu não espancar, ela não terá medo o bastante para me obedecer".

– Coisa mais louca, Verônica... Mas será que isso tudo é mesmo verdade?

– Estava na Internet.

Sete horas em ponto e todos acabam de ouvir o sinal. Muitos alunos ainda entrando, muitas rodinhas esparramadas pelos cantos da classe.

Bárbara e Verônica continuam a conversa:

– Sabe como é Internet, Verônica. Não dá pra acreditar em tudo o que a gente lê.

– Tudo bem, Bárbara. Sei que tem razão. Mas, verdade ou não, essa notícia me deu um estalo.

– Que espécie de estalo?

– Sei lá. Vontade de escrever sobre esse assunto. Você faz ideia de quantas mulheres passam por isso no mundo inteiro?

Bárbara concordou com a amiga, fazendo um gesto com a cabeça. Claro que sabia dessa triste realidade.

– Ah! E tem mais. Sabe como eu sou quando cismo com alguma coisa. O assunto não sai da minha cabeça, aí fico pensando, pensando... as ideias ficam martelando e não me largam. Eu já te falei sobre o novo livro da Jéssica Miller? Acho essa mulher o máximo, Bárbara! Incrível!

– Quem? O que tem a ver essa tal de Jéssica...?

Alguns minutos depois das sete horas. O professor de matemática entrou na sala e pediu silêncio para fazer a chamada. Os alunos começaram a se sentar. Só deu tempo de Verônica dizer:

– Depois a gente conversa, Bárbara.

Exploração histórica

O sábado tinha amanhecido preguiçoso. Apesar de já ter passado das nove, a ausência de sol proporcionava ao quarto de Bárbara um ambiente escuro, fato que a desencorajava de tomar qualquer atitude. Seu maior desejo no momento se traduzia em fazer aquilo que era impossível durante a semana: dormir até mais tarde.

Por isso, quando a avó veio chamá-la pela primeira vez, Bárbara virou-se do outro lado, chutou as cobertas por causa do calor e jogou o travesseiro em cima da cabeça, bagunçando ainda mais os cabelos loiros e compridos.

Quase dez minutos depois, ouviu uma voz distante. Achou que estivesse sonhando. Nem fazia ideia com o quê, mas devia ser um sonho bom. Experimentou uma sensação de relaxamento e tranquilidade.

Mas isso não durou muito tempo porque a voz do sonho vibrou mais forte em sua cabeça, obrigando-a a abrir os olhos.

– Bárbara!

Não era sonho, descobriu logo. Era a avó, outra vez. A própria Bárbara pediu que a acordasse nesse horário, pois prometera à Verônica que iria a sua casa ajudá-la na pesquisa.

Apesar de serem diferentes em diversos aspectos, as duas se entendiam muito bem. Bárbara era mais reservada, tinha um jeito delicado, falava pouco, enquanto a amiga adorava carregar todas as bandeiras possíveis e imagináveis. Se tinha algum assunto polêmico na escola, lá estava ela querendo resolver. Conheciam-se desde o ano anterior, quando Bárbara se mudara para o colégio de Verônica.

Bárbara ainda se encontrava em ritmo lento. O breve percurso feito da sua casa até a de Verônica de modo nenhum tinha conseguido deixá-la desperta. A amiga já estava conectada na Internet havia algum tempo. Resolvera madrugar, pelo jeito.

Foi só abrir a porta do quarto que Verônica desandou a falar:

– Olha só, Bárbara, quem diria! Nós, mulheres, já tivemos muito poder. Na Antiguidade, o matriarcado predominava na sociedade. A cultura, a religião e a sexualidade estavam interligadas, por isso o sexo era sagrado. Mas aí, veja só, minha amiga. Os homens deram um jeitinho de mudar tudo, criando um código moralista para que as pessoas enxergassem o sexo como algo negativo. Coisa de 2000 anos antes de Cristo, os sacerdotes e os hebreus consideravam a sexualidade da mulher como algo a ser controlado pelo homem, porque esse sentimento simbolizava a raiz de todo mal. Também desprezavam qualquer mulher que não fosse virgem ou casada.

– Bom dia, Verônica! Pelo jeito, você começou cedo.

– Opa, desculpa, Bárbara. Tudo bem? Pois é, já estou a mil...

– Deu pra perceber. Tudo bem. Vamos lá, se sua intenção era falar em discriminação...

– Então, onde eu estava mesmo? Ah, sim... A prostituição estava completamente arraigada à economia romana. Com os impostos, ela se tornou fonte de lucros. Só depois da queda do Império Romano e da ascensão do cristianismo como religião foi que a prostituta passou a ser moralmente repreendida e perseguida. Na Itália renascentista, a figura da esposa dedicada, casta e fiel foi reforçada. As mulheres eram confinadas em casa e só saíam acompanhadas de seus maridos para irem à igreja. E desde aquela época existe o envolvimento de pessoas de poder com a prostituição. Quando ouvimos na tevê que deputados, senadores, prefeitos, vereadores e nem-sei-mais-quem foram pegos envolvidos com a exploração sexual, imaginamos que isso é uma coisa de agora. Sei!

– Deve ser por isso que é tão difícil mudar.

– Ah, Bárbara! Mas temos que lutar pra que mude, sim!

Bárbara fez cara de quem não acreditava muito. Antes de voltar-se para a tela do computador, Verônica explicou:

– Este *site* faz um apanhado histórico dessa exploração no mundo. Olha só, na Alemanha, quem controlava a prostituição era a polícia. Em Londres, se as mulheres operárias, que não eram respeitadas e trabalhavam até dezesseis horas por dia, ficassem desempregadas, as consequências disso seriam o roubo, a pobreza e a prostituição. Na França, no século XIX, as trabalhadoras das fábricas eram consideradas prostitutas ou futuras prostitutas. Já ouviu discriminação maior que essa?

– Um absurdo! As meninas da escola vão subir pelas paredes quando lerem uma barbaridade dessa no seu *blog*.

– É isso mesmo o que eu quero. A gente tem que se informar para entender o porquê das coisas. E mudar o que tá errado. Não dá mais pra ouvir e aceitar numa boa essa exploração sem fim de mulheres, adolescentes e crianças. Você sabia, Bárbara, que um dos primeiros registros históricos da prática de exploração sexual de crianças e adolescentes refere-se à corte francesa, do rei Luís XV? Ele comprava as meninas para compor seu harém real. Em Londres, no século XVIII, havia o aliciamento de meninas vindas do campo e a compra de crianças, que eram colocadas à venda do lado de fora das igrejas. Na Grécia antiga, meninas escravas eram comercializadas para a prostituição aos cinco anos como forma de compensar o tempo e os gastos com seu sustento. Dá pra acreditar? E o Brasil não tá fora disso, não! Por volta de 1788, muitas meninas, até com menos de 12 anos, esmolavam nas ruas e recebiam dinheiro em troca do corpo. A maioria, órfãs, recolhidas por famílias miseráveis que, pensando no lucro, logo atiravam essas pobres coitadas para a prostituição. Igualzinho na Grécia antiga. Igualzinho no interior do Brasil! Quantas crianças hoje não são vendidas pelas próprias famílias, miseráveis e excluídas, para serem escravas sexuais? A exploração sexual de crianças e adolescentes também não é um fato recente. Como a questão das mulheres, tudo isso vem de longe, muito longe!

– Credo, Verônica! Que assunto mais pesado! Você vai falar disso também?

– Claro!

– Pensei que você ia fazer outra coisa no *blog*, tipo lançar campanhas sobre a não violência contra a mulher, falar da discriminação no trabalho... sei lá. Essas coisas.

– Mas tudo está relacionado, você não vê? A mulher, a criança e o adolescente nunca tiveram valor na sociedade. Essas coisas têm me incomodado há algum tempo. A gente lê as notícias, vê o que passa na televisão... Sabe como eu sou quando um assunto mexe comigo!

– Eu sei, Verônica. Mas eu tô cansada, começando a ficar com dor de cabeça... você tá me deixando tonta!

– Então vamos dar um tempo – Verônica foi se levantando. – Vou fazer um suco e depois continuamos.

Bárbara levantou-se também, mas, com um gesto no ombro da amiga, recusou a oferta.

– Não precisa, Verônica. Eu já vou.

– Já? Ainda nem falamos do livro da Jéssica! Você disse que ia ler.

– Ai, hoje não dá mais... – Bárbara interrompeu, balançando a cabeça e demonstrando ser essa a sua decisão final. – Vou embora.

Verônica ficou parada na frente da amiga, os braços cruzados.

Ela se comportava de um jeito... Parecia nervosa, de repente. Muito estranho.

– Você tá bem, Bárbara?

– Acho que não dormi muito bem esta noite, por isso essa dor de cabeça. Depois eu te ligo. E minha avó tá me esperando pra almoçar.

– Tá, tudo bem...

E Bárbara saiu, bastante apressada, do quarto de Verônica.

Capítulo 2

O rapaz tentou se controlar e procurou conversar durante algum tempo. Nada de muito importante. Falaram sobre a festa e a música. Não foi uma conversa muito longa, apenas o tempo suficiente para que pudesse distraí-la.

E foi isso o que aconteceu. Em determinado momento, ele mesmo tirou o copo da mão da garota e o colocou sobre o balcão. Trouxe, com uma das mãos, o rosto dela para mais perto do seu. Falou qualquer coisa em seu ouvido, ao mesmo tempo que tirava do bolso da calça o pequeno frasco. Abriu-o e despejou todo o conteúdo no copo. Ninguém viu. Foi rápido e discreto. Em seguida, devolveu o recipiente à garota.

– Um brinde!

Gostava de brindes. Era um ritual que o agradava. Levou, então, sua bebida à boca; ela fez o mesmo, encantada com o rapaz tão bonito.

– Vem, vamos dançar – E a mão masculina puxou a garota para o centro da pista.

As luzes continuavam piscando insistentemente no salão e todos se divertiam muito. A garota também.

Era difícil esperar. Se era! Estava muito ansioso, o coração dando pulos. Mas ia ser logo. Era só ter um pouco mais de paciência e aguardar. Logo, logo.

Não demorou mais que meia hora e a garota começou a ficar sonolenta. Foi sentindo dificuldade para respirar, o batimento cardíaco baixo.

– Vou tirar você daqui. Fique calma, não se preocupe.

Sono, sono, sono. Muito forte. Ele apressou os passos, precisava arrastá-la antes que alguém notasse algo errado e viesse atrás.

Finalmente conseguiu. Muitos carros no estacionamento. Procurou o lugar oposto de onde estavam os seguranças. A garota quase dormindo, sem forças para mais nada. E assim seria. Fácil como sempre.

Escondendo-se entre dois carros, deitou a garota no chão e pulou sobre ela. Numa fúria desenfreada, rasgou sua roupa e a jogou longe. A garota estava estática, não reclamava. Nem poderia. Estava perto de um coma.

Sentiu-se o máximo dominando alguém que ficaria sem qualquer lembrança do acontecido. Apenas poucos *flashes* na memória. Alguma coisa como dança, conversa, risadas. Só. Nada sobre o estupro, nada. Ficava louco de prazer. Quanto mais pensava nisso, mais excitado ia ficando. Poder total!

Minutos depois, levantou-se. Deu uma olhada para os lados. O caminho livre. Ajeitou sua roupa e se pôs a caminhar, muito tranquilamente.

Já estava próximo do portão de saída quando um grito gelou sua espinha, obrigando-o a olhar para trás:

– Ei, você!

Uma história emocionante

Uma semana depois, e Bárbara já nem se lembrava daquele nome. Verônica chegou na escola louca para contar. Mais: queria muito, muito mesmo, que Bárbara lesse a história.

Bárbara estava distraída, a atenção voltada para o troco que recebia do vendedor da cantina. Foi por isso que a pergunta "Jéssica o quê?" deixou Verônica tão contrariada e sem paciência.

– Miller, Bárbara, Miller! Poxa! Você não presta atenção nas coisas que eu falo?

– É claro que eu presto, Verônica! Pode dizer, já me lembrei dessa tal de Jéssica Miller. É a escritora, não é?

– Isso mesmo. Você precisa ler a história dela, Bárbara. É incrível, menina! A gente fica aflita esperando o próximo capítulo. Além do mais, tem tudo a ver com as coisas que ando pesquisando.

– Ah, sim, a violência contra a mulher. Acertei?

– Acertou. Então, vivo lendo tudo o que ela escreve na Internet. É a escritora de *e-books* que eu mais adoro. Ela sempre escreveu livros policiais, de suspense, é uma autora de sucesso, todo mundo conhece. Mas essa história dela... não sei como dizer... me passou uma sensação diferente.

– Ah, é? E por quê?

– Foi o que eu disse, não sei. Talvez seja porque ela já chegou na rede de um jeito diferente, vai ver é isso. Claro, o assunto também. Alguma coisa dentro de mim me mandava ler, ler e ler. E escrever, colocar no meu *blog* tudo o que eu sei. Bom, o que eu posso dizer de concreto é que essa história é realmente muito empolgante. E eu não vou ficar dando detalhes pra você, vai perder a graça. Vamos lá em casa, Bárbara! Nós lemos juntas!

– Ai, ai... – Bárbara deu um suspiro. – Acho que vou ter mesmo que ir, senão você não vai mais parar de me atormentar!

Verônica mostrou-se aborrecida:

– Poxa, Bárbara! Até parece que você não gosta de ir a minha casa! Quer que eu imprima pra você ler, na solidão do seu quarto, sem minha presença e minha voz pra te atrapalhar? Quer?

– Ai, Verônica! – Bárbara riu. – Que dramática! É claro que eu gosto de ir a sua casa! Adoro sua companhia. Além do mais, se eu fico só com minha avó no fim de semana, acabo ficando meio deprimida.

– E por que você não visita seus pais? Se quiser, posso ir junto, assim você me apresenta, que tal?

– Um dia desses, quem sabe? – Bárbara retomou o assunto: – Então fica combinado, Verônica. No sábado à tarde, vou até sua casa e a gente lê essa história de uma vez!

A garota conseguiu deixar Verônica entusiasmada.

– Combinadíssimo! Mas é melhor você ler desde o começo. Tenho os outros capítulos baixados. Sabe que esse negócio de a editora publicar um capítulo por semana é mesmo uma grande sacada?

– Olha, Verônica, quer saber? Acho isso tão esquisito! Ficar esperando uma semana pra ler cada capítulo? Imagine quanto tempo vai levar pra essa história chegar ao fim! Seis meses? Um ano?

– Não! Não vai demorar tanto assim, não! Eu li a reportagem na época, e o editor da Livros Virtuais avisou que a história teria poucos capítulos.

– Hã...

– Ele disse que em vez de publicarem a história toda na rede, pronta e acabada como sempre faziam, dessa vez colocariam parte por parte. O leitor seria convidado a baixar aquele capítulo e a pagar somente por ele. Claro, um valor bem menor do que se cobraria pelo livro todo. E assim foi feito. Não é superlegal isso, Bárbara?

Deu no jornal

No dia seguinte, quando Bárbara entrava no escritório da transportadora onde trabalhava, logo após o almoço, o telefone tocou. Era Verônica, querendo saber se ela havia lido o jornal.

– Não, Verônica. Por quê?

– Sabe que a cada dia eu tô mais convicta de que eu tenho mesmo que falar, botar a boca no trombone sobre tudo o que anda acontecendo?

Bárbara não estava entendendo nada.

– Verônica! – bronqueou. – Você não tá falando coisa com coisa!

– Calma, vou explicar. Eu estava agora há pouco atendendo um cliente aqui na agência, quando um outro chegou e os dois começaram a conversar. Enquanto eu preparava o contrato para um deles, ficaram falando sobre essas coisas que as pessoas adoram: que não sei quem foi assaltado, que absurdo andava a violência na cidade, que assim não ia dar pé... até chegarem na notícia. Depois eu li tudo, seu Nilton assina o jornal.

– Verônica! Quer falar logo? Eu tenho que trabalhar!

– Tá, tá, desculpa. Uma menina foi estuprada na madrugada de domingo pra segunda.

– Que horror! Como foi isso?

– A garota contou à polícia que estava num bar, acompanhada de uma amiga. Ficaram lá até uma e meia da madrugada, mais ou menos, onde beberam um pouco além da conta. Quando saíram, conheceram um carinha e conversaram durante algum tempo. Ele ofereceu carona e apenas uma delas aceitou, porque a outra achou que estava rolando um clima entre os dois. Por isso decidiu voltar para o bar e deixá-los sozinhos. No carro, ele tinha mais bebida. A garota foi dopada. Apagou! E ele, já viu. Cometeu o estupro.

– Coitada...

– Bom, pelo menos, ela denunciou o cara. Ela e a amiga foram até a delegacia, descreveram o bandido, mas o jornal diz que as descrições dadas estavam meio confusas, tanto de uma quanto da outra. Acho que é difícil se lembrar direito nessas condições, não acha?

– Tomara que a polícia encontre o cara.

– Nem fale! Se eu tivesse um retrato falado desse sujeito bem que colocava no meu *blog*.

– Para com isso, Verônica! Você anda querendo se meter onde não é chamada!

– Ah!

– Preciso desligar.

– Eu também. Depois a gente se fala. Beijo.

– Beijo.

Capítulo 3

Um susto. Nada mais que isso. O pobre moço que chamava o rapaz mal conseguia se segurar sobre as pernas, tão bêbado que estava.

– Ei... – ele repetiu, esticando os braços, o dedo indicador apontando para frente. Veio cambaleando, tentando se aproximar.

O rapaz decidiu esperar. Deixou que ele chegasse mais perto e apoiasse uma das mãos em seu ombro.

– Estou procurando meu carro... – começou falando lenta e embaralhadamente. – Você sabe qual é?

– Não – foi seco.

– Putz! – ele girou o pescoço, olhando ao redor – Nem eu...

– Vai procurando, amigo. Algo me diz que está por ali – e apontou para o lado oposto ao que ia.

Com muita dificuldade, o moço olhou para trás. Em seguida, e com o mesmo esforço, virou-se para o rapaz:

– Sei não...

– Vai por mim. É para aquele lado.

O moço balançou a cabeça devagar, agora concordando. O rapaz aproveitou a deixa e tirou aquela incômoda mão de seu ombro. Deu um tapinha em suas costas, imbuído de camaradagem.

– Melhoras... – e finalmente deixou o estacionamento.

Bruna acordou muitas horas depois, já no hospital. Tinha sido encontrada estirada no chão, desacordada e completamente nua, por um dos seguranças da casa. Ele próprio, com a ajuda de mais algumas pessoas, providenciara o seu encaminhamento ao hospital.

Mas o destino da garota, se ia ou não ficar bem, em nada preocupava o rapaz que cometera o estupro. Que lhe importava? Sua atenção estava toda voltada ao preparo de outra dose para a noite seguinte.

Sem gosto nem cheiro, era muito fácil dopar as meninas com a *love drop*, uma droga da família do ácido gama-hidroxibutirato, ou GHB, que provoca a perda temporária da memória e deixa as garotas sem reação. Só precisava de alguma habilidade para fazer tudo com muita perfeição e disfarce. Isso, orgulhava-se, tinha de sobra.

Passava das 23 horas quando ele entrou no bar, próximo a uma das várias universidades da cidade. Logo tratou de estudar cliente por cliente. Excitou-se com a ideia de que uma nova garota, muito em breve, estaria outra vez sob o seu domínio, sem nenhum poder, totalmente entregue.

Foi até o balcão e pediu uma bebida. Observava tudo, fazendo uma espécie de exame minucioso. O bar estava lotado: não faltavam garotas por ali. A caçada ia começar novamente.

Gabriela cursava o terceiro ano de Arquitetura e estava especialmente feliz nesse dia. Conseguira um estágio no escritório de um famoso arquiteto e, por esse motivo, combinou de comemorar com as amigas, após a aula.

Se não tivesse bebido um pouco além do normal, provavelmente ela não teria dado a mínima atenção para o rapaz que a olhava de modo provocador.

Até que seria legal poder ficar com alguém nessa noite. Estava sempre estudando tanto, sem muito tempo para pensar em namorado.

– Vou ao banheiro – disse às amigas.

Quando passou pelo balcão, reparou melhor no rapaz. Ele tinha um sorriso meio malicioso, sedutor, sorriso que convidava, pedia. Antes de entrar no banheiro, a garota deu mais uma olhadinha para trás.

Não voltou para a mesa. Parou no balcão e aceitou a bebida que o rapaz lhe oferecia. Um convite para um início de noite. Conversou um pouco, avisou as amigas que não ia embora com elas, estava bem acompanhada, no dia seguinte telefonava, contava tudo.

Não foi muito tempo depois disso, apesar de Gabriela não ter a mínima ideia, que começou a ficar sonolenta. O rapaz pagou a conta, abraçou a garota e deixou o bar.

– Vou levar você para casa, tudo bem? – disse, enquanto abria a porta do passageiro e a ajeitava no banco do seu carro.

Gabriela não respondeu, os olhos já fechados. Talvez tivesse ouvido alguma coisa, mas nada falou.

O rapaz abriu a porta do lado do motorista e, apressado, sentou-se no banco, já colocando o cinto de segurança e a chave no contato. Ligou. Olhou pelo retrovisor, passou as mãos pelos cabelos, ajeitando-os. Mordeu os lábios, respirou descompassadamente e engatou a marcha, acelerando. O próprio coração estava acelerado. A mil.

- Gabriela, minha doce Gabriela... - falou, olhando para a garota desmaiada ao seu lado, pisando cada vez mais no acelerador.

Brecou. O carro tinha seguido por uma estrada que passava perto do *campus* da universidade. A essa hora da madrugada, ninguém, nenhum carro por ali. O acesso era praticamente restrito aos estudantes, e como as aulas já haviam terminado há muito tempo, o local era perfeito. Vazio.

Apagou os faróis. Livrou-se do cinto de segurança, fazendo o mesmo com o cinto da passageira. Olhou bem para o seu rosto. Foi suave nessa hora. Tirou uns fios de cabelos que estavam sobre os olhos. Endireitou seu rosto, chegou perto para sentir seu cheiro. Afastou-se.

Abriu a porta do seu lado e desceu. Deu a volta, abriu a outra e puxou Gabriela para fora, sem muito cuidado. Agora tudo muito rápido. Assim fez com a roupa dela também, atirando-a longe. Depois, jogou seu corpo sobre o da garota e fez o que queria fazer.

Foi só pela manhã que Gabriela foi encontrada nua, estirada na estrada que leva ao *campus*.

Não teria, como Bruna, a consciência voltando mais tarde, no hospital. Não saberia da violência sofrida, nem sentiria o horror de não se lembrar de nada. A humilhação, a indignação, a revolta.

Infelizmente, nada disso iria acontecer.

Ânsia

Naquele sábado, Bárbara não chegou muito bem da casa de Verônica. Entrou pela porta dos fundos e foi direto para o quarto. Jogou a bolsa em um lado da cama, atirando-se em seguida no outro.

Olhou ao redor. Seu minúsculo quarto. A cama, o guarda-roupa onde mal cabiam suas coisas, um pequeno espelho fixo numa das portas que lhe permitia se olhar de vez em quando, e só. Mas pelo menos era seu. Seu quarto. E poderia estar nele quando quisesse ficar sozinha, pensando, escutando música, dormindo sossegada ou simplesmente não fazendo nada.

Bárbara morava com a avó desde o começo do ano anterior, quando convencera a mãe de que a mudança para um bairro melhor a ajudaria na hora de arrumar um emprego. Tempos depois, quando finalmente a oportunidade surgiu no escritório da transportadora, Bárbara sentiu como se tivesse realizado um sonho.

Agora, sim, acreditava, tudo seria mais fácil em sua vida. Ia controlá-la como nunca conseguira antes.

Mas não era desse modo que Bárbara se sentia, por mais que pensasse nisso, por mais que se esforçasse para ficar contente. E não compreendia. Tudo não dependia dela agora? Não era ela quem controlava sua vida?

Aquela sensação ruim foi só piorando, piorando, o estômago dando um nó, formando um bolo, querendo vir tudo para a garganta. E, de repente, não houve mais jeito. Bárbara correu para o banheiro.

A avó bateu na porta:

– Bárbara! Você está bem?

Como poderia estar bem vomitando daquele jeito? Mas Bárbara respondeu que sim, era só um mal-estar, a avó não tinha com que se preocupar.

– O que foi que você comeu na casa da Verônica, menina?

Bárbara deu a descarga e foi até a pia. Abriu a torneira, lavou o rosto repetidas vezes e depois o enxugou. Com a toalha ainda nas mãos, ergueu a cabeça e mirou o espelho. Olhou-se. Olhou aqueles olhos verdes.

– Você tem os olhos mais lindos que já vi – ouviu a voz.

E novamente a ânsia.

Teve que correr para não vomitar na pia mesmo.

– Bárbara!

Outra vez a descarga e agora a porta sendo aberta.

– O que foi, minha filha? – a avó perguntou, preocupada.

– Nada, vó. Está tudo bem – respondeu devagar.

– Como, nada? Você está branca igual a uma folha de papel!

– Ah, vó... Fui sentindo um enjoo, uma coisa subindo...

– Vá se deitar um pouquinho, filha. Eu vou fazer um chá pra você.

– Não precisa, vó...

– Precisa, sim. Você vai ver como vai se sentir melhor depois.

Livro com cheiro de livro

– Me fala você, Maurício. Como é que pode? Justamente eu, namorando uma pessoa que discorda de tudo o que eu penso. Isso já aconteceu com você algum dia? É, me fala, porque vai ver preciso de uns conselhos mesmo. Será que eu estou ficando doido, velho ou o quê? Ela ouve mais esse Heitor do que a mim!

– Sinceramente, não sei, Arthur.

– Ontem mesmo brigou comigo por causa dos *e-books*. O pior é que anda fazendo o maior sucesso. Não que eu seja contra o sucesso dela, não me interprete mal, por favor. O caso é que eu odeio *e-books*! Que não venham chamar isso de literatura! De jeito nenhum! Eu não aceito! Não consigo aceitar. Um livro é muito mais que uma história, é algo para ser tocado, sentido, acariciado e até cheirado! Sim, porque livro tem que ter cheiro de livro, ora essa! A gente ama um livro porque ele é palpável, vai aonde a gente quiser que ele vá. Me fala, Maurício, pode existir coisa mais fria do que um livro eletrônico? Qual é a graça?

– Bom...

– Você quer saber o que é que ela me fala? Diz que eu não acompanho a mudança dos tempos, a tecnologia. Que pareço aqueles caras bem antigos que nunca dão o braço a torcer a cada vez que surge uma coisa nova no mundo. Vem com uma lista: "Lembra dos discos de vinil? Lembra da velha máquina de datilografar?". É assim. Diz que coisas novas vão sempre surgir e substituir outras. Mas escuta só uma coisa que eu falo, Maurício: os livros de papel nunca vão acabar.

– A livraria está sempre cheia...

– Claro! Você é meu funcionário mais antigo, sabe disso como ninguém. Quer prova melhor que essa? Ninguém está aqui à procura de um computador para ler. Eles querem livros!

Nisso, ouvem o toque do telefone. Norma, uma das funcionárias, atende. Arthur continua entretido na conversa. A garota se aproxima com o aparelho sem fio.

– Arthur... – chama, delicada, com jeito. Não queria interromper, o patrão estava meio inflamado hoje, já tinha percebido.

Arthur não dá a mínima bola, a moça fica quieta, esperando a próxima brecha. Ele joga uma última pergunta ao funcionário:

– O que você acha do mundo virtual, Maurício?

– Eu? Não sei, Arthur. Não sou muito ligado nessas coisas de Internet.

A funcionária tenta outra vez. Tímida, mostra o telefone. E acrescenta:

– Arthur, é pra você.

– Hein? – Agora, sim, parece ter se dado conta da existência da moça.

Então, ela fala de uma vez por todas:

– O telefone, Arthur. É a Jéssica.

Problemas, problemas...

–Oi, amor!

– Adorei sua poesia!

– Deixei hoje cedo com o porteiro do seu prédio, antes de vir para a livraria.

– Linda, Arthur – foi sincera. – Não sei por que você não escreve um livro.

Arthur não deu muita importância à fala da namorada.

– Ando sem tempo, sabe como é ser dono de livraria...

– O Heitor me disse que já te convidou para publicar seus poemas pela Livros Virtuais.

Silêncio. Arthur sentiu um arrepio percorrendo seu corpo, o coração até bateu mais forte. Respirou fundo, procurando se controlar, e em seguida falou:

– Jéssica, minha querida. Se você não quiser brigar comigo, não repita o nome desse sujeito – Logo depois, já aumentava o tom de voz, chegando quase a gritar quando a última frase saiu da sua boca. – Aquele... aquele... copiador de ideias!

– Que é isso, Arthur! – ela o repreendeu. – Não seja bobo!

– Não estou sendo bobo, coisa nenhuma. Você é que é ingênua!

– Eu?!

– Você, sim! Acha mesmo que essa história de colocar capítulo por capítulo na Internet é ideia dele? Quanta inocência! Isso nada mais é do que uma cópia fiel do antigo folhetim publicado nos jornais do século XIX! Cópia, cópia e mais cópia! Não há criatividade nenhuma nas ideias daquele seu editor de meia-tigela!

Arthur ouviu um barulhão. Mas não foi bronca da namorada, isso ele até esperava. Foi do telefone sendo desligado na sua cara.

Ficou um tempo estático, sem atitude. Norma tinha razão: o chefe não estava nos seus melhores dias.

Enfim, Arthur desligou e colocou o aparelho sobre o balcão. Apoiou os cotovelos, abaixando o rosto entre as mãos. Foi tomado por uma péssima sensação. Péssima! Chamou Maurício, que, discreto, tinha se retirado assim que começou a conversa entre o patrão e a namorada.

– Se alguém ligar, diga que eu só volto amanhã – avisou.

– E se for a Jéssica?

Arthur olhou feio para o funcionário. Mas Maurício precisava saber, pois era ele quem Norma sempre procurava quando Jéssica ia à livraria atrás de Arthur e ele não estava. Maurício fazia questão de atendê-la com gentileza, informando, até onde sabia, o paradeiro do patrão.

Arthur, por sua vez, não queria colocar seu funcionário muito a par dos detalhes:

– Para ela, você dê o mesmo recado, entendeu?

Maurício respondeu afirmativamente com um movimento de cabeça e saiu de fininho.

Difícil de compreender

Sozinha em seu apartamento, Jéssica também estava bastante contrariada. Não foi para isso que telefonara para Arthur. Não mesmo.

Pegou a bolsa de cima da cama, abriu-a e retirou a poesia de dentro. Olhou para o papel com certa demora. Releu:

POEMA DO AUSENTE

É triste a distância,
o amigo distante que faltou.
A solidão, o destino, a marcha dos dias.

É triste a falta de ar,
o oxigênio numerado,
a quantidade certa.
O passo apressado,
a vida registrada
na palma da mão.

É triste uma lágrima,
uma gota,
que pesa mais que a própria noite.
A pedra que cai no lago,
estonteando a própria vida,
em círculos breves.

Vai girando, girando, até sumir.
A vida some muito rapidamente.

Jéssica não queria ficar distante e foi por isso que decidiu telefonar. Os dois iam se entender e tudo voltaria ao normal. Tudo.

Mas o que poderia ter sido uma chance de reconciliação acabou se tornando motivo de briga mais uma vez. Que coisa! Não entendia por que Arthur andava assim, tão nervoso. Ciúme?

Jéssica e Arthur namoravam havia mais de um ano. Ela já era autora de *e-books* quando se conheceram, mas agora Arthur tinha resolvido implicar de vez com tudo o que se referia ao seu livro novo.

Jéssica amava o namorado, Arthur era uma pessoa sensível, um poeta. Tudo bem que pensavam diferente a respeito de publicações de livros, mas e daí? Será que isso era motivo para brigas? O que tinha dado nele de uns tempos para cá? Ciúme de Heitor? Não, não poderia ser. Arthur o conhecia fazia tempo, tinham estudado juntos na mesma faculdade. Está certo que a relação entre eles sempre foi muito formal, longe de se tratar de amizade. Mas Heitor era casado, tinha dois filhos pequenos, uma família bonita e perfeita. Ciúme de quê, então?

Novidade na rede

Verônica chegou na escola contando as novidades a respeito do seu *blog*: recebera vários comentários bastante positivos das pessoas que acessaram seu endereço. Realmente, estava conseguindo alcançar os seus objetivos. Isso a estimulava a continuar procurando e publicando novas informações. Queria deixá-lo mais e mais atualizado.

Mas não era só esse fato que estava deixando Verônica empolgada nesse dia. Antes de vir para a escola, tinha acessado a Internet e feito uma descoberta genial. Precisava compartilhar com Bárbara.

– Você nem imagina o que eu acabei de ler no *site* da Livros Virtuais!

– Não faço nem ideia – disse Bárbara, sem o menor entusiasmo. Arriscou: – Acabou a história da Jéssica Miller?

– Claro que não! Ainda deve estar faltando bastante. – Deu uma pausa e depois perguntou: – Como será que vai terminar, hein?

– De um jeito bom não deve ser, com tudo o que aquele maníaco anda fazendo!

Verônica tentou esconder um sorriso malicioso.

– Ninguém sabe como vai terminar, Bárbara – fez suspense. – Nem a própria autora.

– Como é que é?

Aí Verônica disse, com aquele seu jeito elétrico de sempre:

– É que a partir de hoje a Jéssica vai receber *e-mails* com sugestões para os próximos capítulos. Por isso eu falei que ela não sabe como vai terminar. Os leitores é que vão ajudá-la a decidir! Não é o máximo?

– Pra mim, não.

Bárbara respondeu de um modo tão desinteressado que Verônica não se conformou. Explicou de novo:

– Ai, Bárbara! Pensa bem! Os leitores poderão dar palpites na trama, no desfecho...

– Só falei o que eu penso, Verônica. Eu li essa história porque você me pediu, mas não é uma coisa superinteressante pra mim. Muito menos é o tipo de leitura que me agrada. Só isso.

– Sério? Puxa, eu tô gostando tanto!

– Tá, Verônica, mas eu não posso fazer nada se não penso como você. Esse tipo de leitura não me agrada.

Verônica chegou mais juntinho da amiga. Falou baixinho, quase sussurrando o pedido:

– Vamos mandar um *e-mail* pra ela com nossas sugestões?

Bárbara afastou o rosto, encarando-a.

– Mas não acabei de falar que não gosto desse tipo de leitura, Verônica? E mesmo que gostasse, nem tenho tempo pra isso! Imagina ficar bolando uma história...

– Mas não é a história inteira, é só um capítulo! Ou parte dele, que seja.

– Mesmo assim.

Verônica foi obrigada a desistir. Bárbara estava com uma cara! Não quis insistir mais. Se a amiga não queria, não queria e pronto! Fazer o quê? Apenas avisou:

– Ah, mas eu vou escrever pra ela, sim. Já pensou? Um capítulo com minhas ideias publicadas no livro da Jéssica Miller! Não é o máximo?

Bárbara não respondeu. Que máximo, que nada. Estava achando tudo uma droga, isso sim.

– Posso falar uma coisa? – perguntou Verônica.

– Claro.

– Acho que você tá meio azeda hoje.

– Eu?

– Aconteceu alguma coisa na transportadora, Bárbara? Aquele garoto do seu trabalho...

– O Diego?

– Esse mesmo. Ele andou te importunando outra vez?

– Não, ele tem se comportado melhor. Que cara mais chato! Nunca vi tanta insistência!

– Vai ver, tá apaixonado – Verônica deu um risinho malicioso.

– Que apaixonado o quê! Não quero nada com ele. E vamos mudar de assunto.

– Tá bom. Mas me fala uma coisa, Bárbara. Você tem alguma ideia, algo que possa ajudar no meu *e-mail* pra Jéssica?

– Sinto muito, Verônica. Ando vazia de ideias.

– Humm... Tá legal, então. Vou pensar em alguma coisa, com calma. Mas, se tiver algum clique, não deixe de me avisar, hein?

Capítulo 4

Iolanda despediu-se dos colegas, pois ia almoçar em casa. Na maioria dos dias da semana, dava aula nos dois períodos e por isso almoçava na universidade mesmo. Antes de deixar a sala dos professores, Iolanda abriu seu armário e guardou alguns livros. Em seguida, pegou sua maleta e saiu.

Todos ainda estavam chocados com a morte da estudante de Arquitetura. O laudo médico dizia que Gabriela tinha morrido de overdose. A droga: GHB. Foi ainda mais terrível porque o laudo também esclarecia outra coisa: a garota fora estuprada. Uma covardia que revoltou a todos. Pais, estudantes e professores planejavam agora uma passeata, um protesto contra a violência.

O estacionamento da universidade era grande. Tanto o espaço para os carros quanto a bonita área verde que havia em volta. Canteiros com flores rasteiras, grama muito bem aparada, árvores frondosas.

Iolanda andava tranquilamente pelo estacionamento. Estava com o pensamento longe, elaborando uma programação mental de tudo o que teria de ser feito no período da tarde.

Quando avistou seu carro ali perto, sem parar de caminhar, abriu a bolsa e começou a remexer em tudo, procurando a chave. Estava bastante distraída.

- Olá.

Levou o maior susto e instintivamente olhou para o lado. Não sabia de onde poderia ter surgido aquele rapaz tão de repente, aquela voz grossa lhe falando ao ouvido.

Havia algumas pessoas no estacionamento, mas todas muito distantes para perceber que alguma coisa estranha estava acontecendo. O rapaz, sem dúvida alguma, estava sendo bastante discreto com a arma.

E era uma arma! Iolanda tinha uma intuição muito forte de que o objeto que sentia cutucando as suas costas só poderia ser um revólver. Seria assaltada, teve a mais absoluta certeza.

Respirou fundo, procurando manter a calma. Mostrou a chave em sua mão. Disse que ele poderia levar o carro, não haveria a menor resistência da sua parte.

Mas ele continuou calado. Não fez menção de que ia tirar o revólver das suas costas. Continuaram caminhando lado a lado até chegar entre dois carros quaisquer. A arma ainda estava ali, cutucando-a. Aquele silêncio deixava Iolanda ainda mais apavorada. Então ele falou:

- Não quero seu carro.

Pavor. Coração acelerado, começou a tremer. Mostrou a bolsa, não se importava que ele sumisse com cartões de crédito, talão de cheques, tudo.

- Não sou ladrão.

Foi a última coisa que ouviu. A esta altura, ele já usava a força dos seus braços para abaixá-la entre os dois carros. Pega totalmente de surpresa, Iolanda caiu. Ainda levou um tempo, uns segundos para entender. Ele tornou a usar a força, desta vez para tirar a sua roupa. Iolanda agora compreendia. Não era assalto. Entrou em pânico. Tentou lutar, tentou impedi-lo, mas ele era muito mais forte. Impossível conter a fúria daquele homem.

Como se resolvesse, Iolanda ainda pediu. Implorou. Apelou para sua família. Que pensasse nos seus irmãos, esposa ou namorada, se tivesse. Em vão.

O rapaz fugiu quando a professora já não lhe interessava mais. Iolanda se levantou, ajeitou sua roupa e foi até seu carro, não muito distante dali. Entrou. Debruçou-se no volante e chorou. Chorou muito. Sentia-se horrível, ultrajada, violentada no sentido mais sofrido da palavra. Não conseguia entender. Por que ela? Por quê? Era como se apunhalassem o próprio peito e lhe rasgassem a alma. Uma grande covardia! Covardia!

Iolanda respirou fundo. Passou a mão pelos cabelos, tentando arrumá-los. Não teve coragem de se olhar no espelho retrovisor. Devia estar horrível, o rosto marcado de tanta dor. Respirou fundo mais uma vez e colocou a chave no contato. Enxugou com a mão uma última lágrima, ligou o carro e saiu.

Lembrou-se de Gabriela, a estudante de Arquitetura. Seria a mesma pessoa? E se fosse? Ia conseguir fazer mais vítimas? Ele ficaria impune até quando?

Atualizando o *blog*

Verônica chegou da escola sem a mínima vontade de ir para a cama. Estava sem sono e agitada, a cabeça girando, os pensamentos confusos. Caso se deitasse, tinha a certeza de que ia rolar, rolar e nada de conseguir dormir.

Resolveu, então, ligar o computador e procurar alguns assuntos para o *blog*. O pessoal da escola comentava, achando superlegal o que escrevia. Aliás, era engraçado, ultimamente andava gostando de escrever. Tudo agora era pretexto para querer se expressar, dar opinião...

Acessou a Internet e teve pressa em fazer algumas buscas. Foi lendo em voz alta os assuntos em destaque:

– Conferência nacional dos direitos das crianças e dos adolescentes, combate ao turismo sexual infantil e juvenil, CPI das redes de exploração sexual, ONGs de enfrentamento da exploração e do abuso sexual de crianças e adolescentes... – E por aí seguia uma lista. – Nossa, quanta coisa! Nem sei por onde começar...

Arriscou alguns *sites*, entrando, saindo, lendo alguns trechos e demorando naqueles que mais lhe chamavam a atenção. Encontrou uma data: 18 de maio. Dia Nacional de Combate ao Abuso e Exploração Sexual de Crianças e Adolescentes.

– Eu nem sabia que tinha um dia pra isso! – disse para si mesma, curiosa para saber do que se tratava. – "O objetivo da Lei Federal 9.970/00 é mobilizar a sociedade brasileira e convocá-la para seu engajamento no combate ao problema. A data foi escolhida por ser o dia da morte da menina Araceli Cabrera Crespo, vítima de sequestro, estupro e assassinato em Vitória, Espírito Santo, em 1973. Seus assassinos ainda continuam impunes." Minha nossa! – desabafou horrorizada. – Isso já faz mais de trinta anos!

Rolou a página e continuou a leitura com o mesmo interesse:

> Todos os anos, um milhão de crianças em todo o mundo entra para o multibilionário mercado do sexo. No Brasil, o número pode chegar a pelo menos cem mil crianças e adolescentes explorados sexualmente, uma das piores situações do mundo. O país é também o maior exportador de mulheres para fins de exploração sexual da América do Sul, e as adolescentes de 16 e 17 anos são as mais traficadas.

Verônica olhou o relógio. Meia-noite e meia. Quando ligou o computador, jurou que não ia varar a madrugada na Internet, mas dormir depois de todas essas leituras... difícil.

Fechou todos os *sites* que ainda continuavam abertos e esperou aparecer na tela a página do provedor. Ali, inúmeras notícias e destaques dos últimos acontecimentos misturavam-se às insistentes propagandas que piscavam sem parar.

Estava pronta para desconectar a Internet quando bateu os olhos no canto direito da tela. Um título lhe chamou a atenção: "PROFESSORA É VÍTIMA DE ESTUPRO".

Abriu. E lá estava a notícia. Completa:

> **Professora é vítima de estupro**
>
> A professora M.A.C., do Colégio Lopes Assis, foi vítima de estupro ontem à noite, quando deixava suas atividades na escola.

Ela contou à polícia que foi abordada pelo criminoso ao sair com seu carro do estacionamento. Ele fingiu pedir uma informação, e, no momento em que abriu a janela para poder entendê-lo melhor, foi surpreendida por um revólver. Ameaçada, M.A.C. teve que passar para o banco do passageiro, enquanto o homem ocupava o lugar do motorista. Ele guiou até um matagal, onde cometeu o estupro, fugindo com o carro em seguida e abandonando a vítima no local. Com esforço, M.A.C. conseguiu encontrar a estrada e pedir ajuda.

O automóvel da professora foi localizado pela polícia algumas horas depois, intacto.

PARTE 2

E-mails

Mal tinha amanhecido quando Jéssica acordou. Fez um café forte, comeu algumas torradas com requeijão e foi se vestir. Abriu a janela do quarto, olhou o céu, viu um dia bonito lá fora e isso a encheu de ânimo.

No escritório, ligou o computador e checou os *e-mails*. Vários. Depois que Heitor tivera a ideia de permitir aos internautas a participação na sua história, agora era assim. Sua caixa postal vivia cheia. As mais diferentes mensagens chegavam durante todo o dia. Costumava lê-las pela manhã, antes de começar a escrever.

E foi assim que o seu dia começou.

:: **De:** Vívian

:: **Para:** Jéssica

Por que você não pega esse cara e dá um susto nele? Por exemplo, quando ele fosse ameaçar a garota com um revólver, podia aparecer alguém para impedi-lo. Então, ela aproveitava a oportunidade e batia com o revólver na cabeça dele, fazendo-o desmaiar. Que tal?
Beijos mil.

:: De: Miriam

:: Para: Jéssica

Oi, Jéssica!

Tenho 14 anos e estou achando sua história o máximo! Tive uma ideia superdez! Quando a garota for tomar sei-lá-o-quê com o, como é mesmo o nome? Ah! Aquela droga, você sabe. Aí, o que ela faz? Muito disfarçadamente, troca os copos e ele é quem acaba bebendo! Não é genial?

Beijão!

:: De: Mirella

:: Para: Jéssica

Meu nome é Mirella e tenho 13 anos. Só estou mesmo lhe escrevendo para dizer uma coisa, ou melhor, fazer uma pergunta: como é que você tem a coragem, ainda mais por ser mulher, de escrever uma história assim? Fiquei horrorizada! Achei um tremendo mau gosto você fazer um personagem cometer uma maldade dessa. Você não pensou nas garotas, não? Que poderia ter acontecido isso com você também? Não tem coração?

Gostaria, sinceramente, de lhe pedir que mude a história. Não deixe seu personagem acabar com a vida dessas meninas que não têm culpa de nada. Isso é muito, muito triste.

:: De: Silmara

:: Para: Jéssica

Acho que a garota deveria sair correndo da próxima vez. Antes, daria um chute você bem sabe onde.

:: De: Verônica

:: Para: Jéssica

Tenho 16 anos e sou sua leitora há bastante tempo. Já queria ter lhe escrito, mas não consegui pensar em nenhuma ideia legal. Ainda não a tive, antes que você pense que é esse o motivo do meu *e-mail*. É outra coisa.

Tenho um *blog* onde coloco informações sobre a questão da violência e da exploração sexual das mulheres, adolescentes e crianças. Estava procurando notícias na Internet agora há pouco quando li que uma professora foi violentada, ontem à noite, como na sua história.

Isso me deu um estalo. Sei que você pode pensar que tudo isso é uma loucura. Poderia ser, Jéssica, mas minha intuição me levou a lembrar de outro caso ocorrido: o de uma garota violentada algum tempo atrás, após ter sido dopada pelo estuprador. Sabe quando foi isso? Logo depois da publicação do seu segundo capítulo, aquele da garota da festa.

Será que uma coisa tem a ver com a outra, como eu estou imaginando? O que você acha disso, Jéssica? Viu essas notícias?

Já são mais de duas da madrugada, e eu preciso dormir, tenho que trabalhar amanhã, ou melhor, hoje cedo. Faz um tempão que estou aqui, pensando, pensando... não tá dando mais.

Se possível, me escreva para conversarmos, tá bom? Não estou gostando nada, nada dessa minha intuição.

Um beijo.

Sensação estranha

— O Heitor está?

– Oi, Jéssica! Tudo bem? Ele está em reunião.

Foi logo depois da resposta da secretária do editor que Jéssica se deu conta de que não fora muito educada.

– Oi, Luciana, tudo bem? Me desculpa, nem cumprimentei você direito. É que eu precisava muito falar com o Heitor. Você sabe se a reunião demora?

– Hum... Infelizmente, acho que sim. Começou agora há pouco.

Jéssica colocou a mão na testa, passando pelo rosto. Luciana achou que estava acontecendo alguma coisa.

– Você está bem, Jéssica? Posso ajudar?

A escritora deu um suspiro.

– Não, Luciana – respondeu. Depois, sorriu, procurando demonstrar naturalidade: – Está tudo bem, não precisa ficar preocupada. Depois telefono.

Jéssica fechou o sorriso assim que deu as costas para Luciana. O momento não era para isso.

Durante todo o caminho percorrido desde a saída da editora até o estacionamento onde estava seu carro, Jéssica ficou pensando, rememorando os últimos acontecimentos e descobertas.

Depois que leu o *e-mail* de Verônica, não conseguiu deixar de pensar nas "coincidências" que ela mencionara. Como a garota, Jéssica também ficou intrigada pelo fato de os estupros terem ocorrido pouco depois de publicados seus capítulos e procurou na Internet as duas notícias.

Em seguida, saiu com pressa do apartamento rumo à editora, mesmo não entendendo em que seu editor poderia ajudá-la.

Agora tentava raciocinar com calma, analisando os fatos com frieza, sem se precipitar. Não poderia se deixar levar pela imaginação fértil de uma leitora adolescente que sequer conhecia. Era adulta, tinha que agir com coerência.

Jéssica pensou sobre as datas. O capítulo da garota violentada no estacionamento da festa entrou na rede na sexta-feira, dia 16 de setembro. A notícia encontrada na Internet dizia que a garota C.A. fora estuprada na madrugada de segunda, dia 19.

No dia 3 de outubro, segunda à noite, o caso da professora M.A.C. A cena do estupro da professora Iolanda da sua história entrou na Internet na sexta, 30 de setembro. Duas coincidências?

Jéssica pegou o carro no estacionamento. Dirigia devagar, os veículos passavam e buzinavam, mas ela não prestava a mínima atenção. Era como se estivesse fora dali, vivendo num mundo à parte.

Em dado instante, sons de várias buzinas acordaram a escritora de seus devaneios. Levou um susto. O sinal já tinha aberto e ela nem se dera conta. Engatou a marcha e acelerou. Passou uma das mãos na testa, ajeitou alguns fios de cabelos que a incomodavam. Olhou pelo retrovisor. Aquele trânsito intenso. Acelerou um pouco mais. Estava farta de tanto pensar. Ficou atordoada. O melhor era chegar logo em casa. Não via qual diferença isso poderia fazer, mas achou que em seu apartamento ia se sentir melhor. Tinha uma sensação ruim dentro do peito, um aperto, uma falta de ar, nada muito explicável ou definido.

Entrou na garagem do prédio e procurou a sua vaga. Estacionou. Desceu do carro e fechou a porta. Ouviu um barulho estranho. Alto. Ficou assustada não sabia com o quê. Procurou pensar que tudo isso era por causa do silêncio da garagem localizada no subsolo. Vai ver nunca tinha reparado antes no eco da batida de uma porta de carro.

Jéssica dirigiu-se ao elevador. Apertou o botão e o esperou por alguns segundos. Estava muito impaciente. Trêmula. Por que isso agora? Por quê?

Sentiu uma vontade louca de entrar no seu apartamento o mais rápido possível. Não conseguia explicar, mas todos esses sentimentos confusos e estranhos iam tomando conta dela numa proporção sem tamanho.

Apesar de tudo, já tinha a exata noção do que deveria fazer.

O *site*

Sentiu-se um pouco mais tranquila e segura quando, do lado de dentro, finalmente girou a chave na fechadura, trancando a porta.

Foi até o escritório, ligou o computador e acessou a Internet. Entrou no *site* de um jornal. Clicou em edições anteriores e partiu em busca do dia 23 de setembro. Economia... Esporte... Cultura... Mundo... Brasil... Metrópole. Ficou de olho nos títulos das reportagens, rolando a página vagarosamente. Nada.

Passou para o dia 24, adotando o mesmo procedimento minucioso. Nada também. Assim como nos dias 25 e 26.

Começava a pensar que era uma tolice o que estava fazendo. Para que tudo isso? Quanta bobagem! Se existisse qualquer ligação entre seu texto e a realidade, é claro que ela seria a primeira a perceber. Lia os jornais, acessava a Internet, mantinha-se informada e atualizada! Como não perceberia? Achou até que tinha lido a notícia da garota C.A., na época. Parecia lembrar-se de qualquer coisa.

Jéssica poderia parar com tudo e fazer a última revisão do seu capítulo; já era quarta-feira e ele precisava entrar na Internet na próxima sexta. Mas, apesar de toda essa clareza de pensamento que tentava impingir a si própria, não ficava com o coração sossegado. De jeito nenhum.

Que porcaria de intuição era essa que não a deixava desconectar a Internet e a fazia ficar ali, feito boba, procurando algo que talvez sequer existisse?

Jéssica teve a certeza de que, mesmo que tentasse, não ia conseguir se concentrar no seu texto. Assim, procurou esfriar a cabeça e raciocinar com calma. Mais uma vez.

Se seu terceiro capítulo, o que narrava o estupro de Gabriela, tinha sido publicado na sexta, dia 23, e o da professora Iolanda no dia 30, dava pelo menos para concluir que, se realmente houve um estupro nos mesmos moldes dos outros dois, tudo indicava que teria ocorrido entre esses dois dias. Sendo assim, era só procurar até a última data. No máximo, um ou dois dias a mais, até que a notícia chegasse a público. Não faltava muito agora.

Jéssica respirou fundo a fim de retomar a concentração. Outra vez, checou os fatos do dia 27. Procurou, procurou e nada também.

Passou para o dia 28. O título em destaque penetrou em seus olhos feito faísca: "ESTUDANTE É VIOLENTADA APÓS SOFRER SEQUESTRO-RELÂMPAGO". Clicou em cima do título e, aflita, aguardou a abertura da página:

Estudante é violentada após sofrer sequestro-relâmpago

Ontem à noite, a estudante R.C.V., de 16 anos, voltava a pé da Escola Professor Guilherme Pontes, onde estuda, quando foi surpreendida por um homem que, armado com um revólver, obrigou-a a entrar no seu carro. Ele dirigiu até próximo a um terreno baldio e a estuprou, abandonando-a em seguida. R.C.V. procurou ajuda e registrou queixa na Delegacia da Mulher, passando em seguida por exames de corpo de delito.

Populares da região disseram que já se cansaram de reclamar da falta de iluminação em alguns lugares do bairro, fato que coloca em risco a vida de inúmeros estudantes, principalmente os do período noturno.

A Associação de Moradores do Bairro está organizando um abaixo-assinado pedindo providências urgentes às autoridades.

Medo

Jéssica percebia suas mãos geladas, suava frio. Pensava no que não queria. Arquitetava mil e uma desculpas a fim de afirmar para si mesma que aquilo tudo não passava de uma coincidência. Uma sinistra coincidência.

Inútil. Sentia que não era. Os fatos estavam ali, para quem quisesse ler. Três estupros ocorridos na sequência daqueles seus três capítulos. Mas quem estaria fazendo isso? Quem seria o maníaco, o louco, ou sabia lá de que nome poderia chamá-lo?

O telefone tocou. Teve um sobressalto. No segundo toque, foi atender. Pôs a mão no fone e o tirou do gancho bem devagar. Sentiu-se ridícula de repente. O que estaria pensando que fosse? Uma ameaça?

– Alô.

– Jéssica? É o Heitor. E aí?

– Aí...? – ela sentiu-se tensa. – Aí o quê?

– Você não veio até a editora para falar comigo? A Luciana disse que você estava estranha... O que aconteceu?

– Não... – de repente, Jéssica não sabia o que dizer. – Não era nada de importante.

– Fala, Jéssica! O que aconteceu?

A insistência de Heitor acabou deixando Jéssica ainda mais nervosa. Por isso achou melhor desligar, falar com seu editor nessa hora a perturbava.

– Olha, Heitor, eu não acordei muito bem hoje, preciso descansar um pouco.

– Tem certeza de que é só isso?

– Tenho – respondeu rápido a fim de convencê-lo.

– Tudo bem, então.

Antes de desligar, ele perguntou:

– Já terminou o quinto capítulo?

Jéssica sentiu um frio na barriga. Quem é que poderia ter cabeça para isso?

– Não, Heitor. Preciso finalizá-lo, fazer algumas alterações... Na verdade, essa história... não acho que seja uma boa ideia eu continuar...

– O quê? – Heitor deu um grito. Nem deixou que ela terminasse a frase. Jéssica afastou o telefone do ouvido e fez uma careta. – Você só pode estar brincando, não é, Jéssica?

A ligação ficou muda durante alguns instantes.

– Jéssica! O que há com você?

– Heitor... – começou devagar –, a verdade é que... acho que eu não sei mais como continuar... ficou tudo muito confuso de repente...

– Que é isso! Nunca ouvi uma bobagem tão grande! Ainda mais vinda de você! De onde é que tirou essa ideia?

Jéssica não falou nada. Na verdade, sentiu medo de falar. Nem ela ainda conseguia acreditar que aquilo tudo pudesse estar realmente acontecendo!

– Jéssica – Heitor continuou –, milhares de leitores estão esperando pelo seu próximo capítulo. Sua caixa de *e-mails* deve estar lotada de pedidos, sugestões... pessoas que aguardam ansiosamente pelo final da sua história. Sem essa de parar com o livro pela metade. Ficou maluca?

Os *e-mails*! De repente, uma espécie de luzinha se acendeu na cabeça de Jéssica.

– Heitor, assim que eu melhorar, ligo pra você. Agora, preciso desligar.

– Então, descanse, Jéssica. E, por favor, pare de pensar em bobagens, está bem?

Tudo muito confuso

Jéssica acessou a caixa postal. Os olhos passaram muito rapidamente por todos os nomes. Quando percebeu que estava se confundindo, tamanha era a ansiedade, decidiu procurar pelas datas de recebimento. Assim, ficava mais fácil.

Um minuto depois e o desabafo:

– Que droga!

Não havia mais esperanças. Ela realmente apagara todas as mensagens recebidas na semana anterior.

Mas quem teria enviado aquele *e-mail*? Quem teria feito a sugestão de que a próxima vítima fosse uma professora, personalidade que levaria os populares à comoção? A arma, a saída da escola... Dessa vez, tudo se encaixava. Praticamente todos os passos foram seguidos.

Quem seria? Assinara apenas como um fã, disso lembrava-se bem. Teria mesmo sido ele o autor do crime? Ou, deveria pensar, dos crimes?

Jéssica continuava paralisada na frente do computador. Só depois de alguns momentos, pensativa, foi que voltou sua atenção à caixa postal. Estava abarrotada de coisas.

E se ele tivesse mudado a forma de se apresentar? Um nome diferente, quem sabe. Não era possível?

– Vejamos...

:: **De:** Luciano

:: **Para:** Jéssica

Olá, Jéssica? Tudo bem?

Estou gostando muito da sua história. Quando meu amigo me contou que você era boa para fazer suspense, quis conferir. E gostei! Parabéns!

Abração.

– Não, não... Esse Luciano deve ser Luciano mesmo. Até o jeito de escrever é outro... Vejamos este.

:: **De:** Fabrício

:: **Para:** Jéssica

Perdoe-me, Jéssica, pela falta de assunto, estou até meio nervoso, nunca conversei antes com uma escritora, nem parece real. Se você pudesse sentir meu coração, como ele está acelerado... Só escrevi mesmo para lhe dizer que admiro muito seu trabalho. Muito mesmo. Sou seu fã, de carteirinha.

– Fã? Ele disse fã? Não... não deve ser a mesma pessoa... Ou será que é?

Jéssica continuou abrindo e fechando *e-mails*, mas não encontrou nada que considerasse uma pista. Pelo menos, alguma coisa mais concreta, no seu modo de ver.

Já estava na hora do almoço quando desligou o computador. Não tinha a mínima fome, por isso decidiu deitar-se um pouco e tentar relaxar. Estava tonta, o pensamento rodando a mil.

Assim que colocou a cabeça no travesseiro, o rosto de Heitor veio à sua mente. E, com ele, a sua voz insistindo para que ela continuasse a escrever.

Claro que Heitor tinha os seus interesses para que Jéssica não desistisse da história; afinal, era o editor da Livros Virtuais. Também seria prejudicado caso ela interrompesse a história daquele jeito.

Só que a ideia de deixar os internautas darem palpite no seu texto tinha sido dele. Ela ainda relutara a princípio, alegando que, se ficasse interrompendo a escrita para ler *e-mails*, isso acabaria por tirar-lhe a concentração. Mas Heitor insistira, dizendo que se tratava de uma grande estratégia para manter os internautas cada vez mais antenados na história. Quem sabe ela ainda se surpreenderia com uns bons palpites?

Seria ele o executor daquelas barbaridades? O autor do *e-mail*?

Será que Heitor poderia ou mesmo teria a coragem de usá-la para cometer aquelas atrocidades?

Jéssica virou-se de lado e agarrou uma das almofadas que ficavam sobre a cama. Apertou-a forte contra sua cabeça, como se quisesse sufocar todos esses pensamentos horríveis e descabidos.

– Não seja ridícula, Jéssica! – disse para si mesma, em voz alta. – Não seja ridícula!

Ouviu o interfone tocar. Teve outro sobressalto. Sentiu raiva de si mesma. Agora ia ser assim? A cada vez que o telefone ou o interfone tocasse, ia se assustar?

Levantou-se e foi atender. A voz do porteiro informou:

– Jéssica, o Arthur está subindo.

– O Arthur? – estranhou.

– Sim, o Arthur.

Mal deu tempo de desligar, Jéssica ouviu o toque da campainha. Ela abriu a porta e Arthur foi entrando, dando-lhe um beijo.

– Tudo bem, Jéssica?

– O que você está fazendo aqui numa hora dessas, Arthur? – perguntou, ainda com uma das mãos na maçaneta.

– Nossa! Que recepção...

Jéssica deu um suspiro. Decidiu fechar a porta, não queria parecer mal-educada.

– Desculpa. Só que eu estranhei...

– Tive que sair da livraria e aproveitei pra te ver – Ele a agarrou pela cintura, sorrindo. – Estava com saudades.

Arthur percebeu que Jéssica estava fria, nem se dera ao trabalho de abraçá-lo também. Ele se afastou um pouco.

– Que foi, Jéssica? Você anda tão estranha ultimamente... Olha, se ainda está chateada por causa daquelas coisas que eu disse...

– Esquece isso, Arthur. Nós já não conversamos?

– Almoça comigo, então?

– Almoçar? Não tinha pensado em sair, Arthur. É que não estou muito bem hoje...

– Por quê? Aconteceu alguma coisa?

Ela fechou os olhos por alguns segundos. Era como se estivesse cansada demais para ficar se explicando. Uma hora Heitor, outra hora Arthur... Queria tanto parar de pensar, ficar quieta num canto, dormir, esquecer, qualquer coisa!

– Não. Não aconteceu nada, Arthur.

– Nem com seu livro?

Jéssica franziu as sobrancelhas. A palavra "livro" fez ligar algo na sua mente. Falou devagar, cheia de receio:

– Por que você está me perguntando isso?

– Por nada! É que eu achei que pudesse ser alguma coisa com seu livro, só isso. Acertei?

Com olhos assustados, Jéssica fitou o namorado. Ela foi surpreendida por uma sensação esquisita, que não dava para controlar. Arthur percebeu a mudança repentina:

– Que foi, Jéssica? Nossa! Você está com uma cara! Falei alguma besteira, por acaso?

Jéssica achou melhor não se explicar. Nem poderia, sua mente estava muito embaralhada para isso.

– Arthur, não me leve a mal, mas preciso, preciso muito, ficar um pouco sozinha.

Arthur olhou bem para ela. Examinou:

– Jéssica, estou realmente começando a ficar preocupado. Você está com algum problema sério?

– Não é nada, Arthur, já disse. Não acordei bem esta manhã,

aí eu saí e piorei. Preciso apenas me deitar e ficar sozinha. É só. Por favor, entenda.

Finalmente, Arthur balançou a cabeça, concordando.

– Tudo bem. Mas se não melhorar, me ligue. Não vá bancar a durona, Jéssica. Eu sei bem como você é.

Ela sorriu. Arthur lhe deu um beijo e a deixou sozinha com seus pensamentos.

Alguém para ajudar

Assim que fechou a porta, como num estalo, Jéssica lembrou-se de Alisson, um investigador de polícia que conhecera durante uma de suas pesquisas. A atenção e a simpatia do moço logo fizeram com que se tornassem amigos. Agora, toda vez que precisava de alguma informação nessa área, recorria a ele.

Jéssica pensou que Alisson talvez fosse o único que pudesse ajudá-la no momento. Era sua chance. Rapidamente, pegou sua bolsa, a chave do carro e saiu.

Arthur ainda se encontrava na frente do prédio, no carro, falando ao celular, e viu quando Jéssica saiu da garagem. Achou muito estranho. Ela não lhe dissera que não se sentia bem? Como é que agora estava saindo?

Despediu-se da pessoa com quem falava no celular, dizendo que precisava desligar. Deu a partida e, com cautela, pôs-se a seguir a namorada.

Ao chegar na delegacia, Jéssica aproximou-se de um rapaz que trabalhava atrás de uma mesa e perguntou pelo investigador. Ficou decepcionada, Alisson tinha saído. Precisava tanto falar com ele!

De repente, escutou uma voz chamando seu nome:

– Jéssica Miller?

Ela virou-se imediatamente, esperançosa de que pudesse ser o detetive chegando. Mas não, era apenas um conhecido seu.

– Lembra-se de mim, Jéssica? – o rapaz perguntou.

Ela se lembrou. Seu nome era Fernando. Tinha 22 anos e até três anos atrás morava com a mãe, viúva, no mesmo prédio onde Jéssica vivia. Dona Célia foi a primeira moradora com quem fez amizade logo que chegou em São Paulo, havia dez anos. Era sua vizinha de porta. Por isso sentia um carinho muito especial por ela e pelo filho também, sempre muito educado.

– Claro que eu me lembro, Fernando. Como vai?

– Tudo bem. Puxa, quanto tempo! Como você está?

– Bem, obrigada.

– O que faz numa delegacia? Veio fazer algum B.O.?

– Não. Vim falar com um amigo meu. Ele é investigador.

– Quem é? Conheço a maioria deles.

– Chama-se Alisson.

– Ah, sim! – disse Fernando. – Eu o conheço.

– Disseram que ele saiu.

– Que pena...

– E você? – Ela ficou curiosa. – Faz o que por aqui?

– Estou a trabalho – Fernando respondeu.

– Você trabalha aqui na delegacia?

– Não. Estou no quarto ano de Jornalismo. Não sei se você se lembra, eu tinha entrado na faculdade quando eu e minha mãe nos mudamos do prédio. Por falar nisso, você ainda mora lá?

– Moro, sim. Eu lembro que a sua mãe me contou sobre o vestibular, mas não que se tratava de Jornalismo.

– Estou fazendo estágio num jornal e sempre tenho que visitar as delegacias pra saber das notícias.

– Sei... Bem, foi legal encontrar você, Fernando, mas eu tenho que ir agora. Mande um beijão para sua mãe. Diga que eu reconheço estar em falta, prometi que ligaria de vez em quando.

– Nem pense nisso, Jéssica – sorriu, simpático.

– Então, boa sorte na sua carreira de jornalista.

– Obrigado. Olha, eu também já estava de saída. Você por acaso já almoçou? Tem algum compromisso?

– Não, mas...

– Almoça comigo! – pediu. – Assim podemos conversar um pouco. Minha mãe fala sempre em você, diz que tem saudade. Então, o que acha?

Jéssica deu um sorriso antes de aceitar o convite.

– Tudo bem. Vamos, sim.

Arthur viu quando Jéssica saiu da delegacia com Fernando. Viu também quando o rapaz entrou no carro da sua namorada e saíram juntos. Não se lembrava de tê-lo visto antes. Quem seria e onde estariam indo?

Apesar de não ter gostado nem um pouco da cena, Arthur decidiu que aquela questão teria que ficar para mais tarde, tinha coisas muito importantes para resolver. Assim, ligou o carro e partiu.

Uma pequena pausa

Jéssica e Fernando foram a um restaurante não muito longe dali. Ela achou bom, porque tinha a intenção de voltar à delegacia para falar com Alisson assim que terminasse de almoçar.

– E os livros, Jéssica? – Fernando perguntou durante o almoço.

– Ah, estão indo bem.

– Tem algum novo na Internet?

– Tem, sim.

– Puxa, eu queria ler, mas às vezes fico tão atarefado com minhas coisas! Tem a faculdade à noite, o estágio durante o dia... tem hora que acho que vou pirar.

– É, eu entendo. Às vezes, meu dia parece não durar nada também. Quando eu vejo, já passou e não fiz um monte de coisas que tinha me programado para fazer.

– É assim mesmo. Uma loucura. Mas me conte um pouco da sua nova história. É um novo policial?

– Humm... mais ou menos. Ainda está na metade – Depois, falou quase num sussurro: — Ou no fim.

Fernando fez cara de quem não tinha compreendido. Jéssica resolveu se explicar:

– É que desta vez o livro não entrou completo na Internet. Os capítulos estão sendo publicados um a um.

– Verdade?

– É. Foi ideia do editor. Assim que determinado capítulo atinge um certo número de vendas, entra o seguinte. Até agora isso tem acontecido a cada semana, às sextas-feiras.

– Que interessante! E falta muito para a história terminar?

– Não sei...

– Não? Ora, não é você a escritora?

– Sim, claro, mas...

– Mas...?

– Algumas coisas estão acontecendo, e eu não estou gostando.

– Como assim?

Jéssica não quis dar detalhes. Aliás, arrependeu-se profundamente de ter começado a falar sobre isso. Inventou rápido uma mentira:

– É coisa lá com a editora.

– Ah... E qual é o tema da sua história?

– Abuso sexual.

– Nossa! – Fernando balançou a cabeça devagar para a frente e para trás. – É um tema bastante forte. Eu que o diga!

Jéssica não compreendeu.

– Por que você que o diga?

– Esqueceu que sou um quase repórter? Às vezes vejo cada uma... Como o caso da professora do Colégio Lopes Assis. Você ficou sabendo, né? Aconteceu antes de ontem.

Jéssica sentiu um arrepio, mas procurou manter-se firme, respondendo com naturalidade:

– Claro.

– Leu a matéria que saiu no jornal?

– Li na Internet.

– Ah, lógico! Uma mulher como você, conectada dia e noite na Internet...

Jéssica não fez nenhum comentário. Fernando continuou:

– É cada barbaridade que vemos todo santo dia, Jéssica! Você nem queira saber!

– Imagino – falou, seca.

Para alívio de Jéssica, Fernando mudou de assunto. Agora falava, bastante entusiasmado, sobre seu trabalho, sobre como estava gostando de tudo.

Os dois terminaram o almoço, despediram-se e Jéssica retornou à delegacia.

O investigador

— Alisson! Graças a Deus o encontrei!

Jéssica avistou o homem na recepção da delegacia. Achou uma sorte tê-lo visto chegar.

– Nossa, Jéssica! – Ele pôs a mão no peito, fingindo ter levado um susto. – O que foi que aconteceu? Mais alguma pesquisa para uma nova história? Esse desespero todo é só por causa disso? – brincou outra vez, sorrindo, afável.

Jéssica não retribuiu o sorriso, continuava séria. Ao perceber que não se tratava de uma simples pesquisa, Alisson convidou:

– Vamos até minha sala.

Jéssica relatou ao investigador toda a história, sem esconder nada. Precisava contar e confiar em alguém. Se não falasse logo, achava que iria explodir.

Quando terminou, ele ainda demorou um tempo para falar.

– Você tem certeza...

Jéssica o cortou imediatamente:

– Por favor, não me pergunte se eu tenho certeza. Eu não estou ficando louca, delirando ou coisa assim, Alisson!

– Calma, Jéssica! Você nem me deixou terminar!

Ela procurou se acalmar.

– Desculpe.

– Eu ia perguntar se você tem certeza de que não há mesmo nenhum outro fato que possa nos levar a uma pista. Tente se lembrar dos *e-mails*, ou melhor, daquele *e-mail*, em específico. A pessoa não deixou nada?

Jéssica balançou a cabeça de um lado para outro.

– Nada, Alisson. Ela sugeriu, e eu escrevi. A culpa foi minha, fiz tudo do jeito que esse criminoso queria. Ainda por cima, apaguei o bendito *e-mail*. Sou uma cretina, isso sim!

– Jéssica! Não seja tão cruel consigo mesma! Você fez aquilo que seu editor sugeriu também. Ele não queria que você desse oportunidade aos leitores de participarem da história?

– É, pois é... O Heitor falou, sim. E foi por isso que eu até pensei...

Jéssica deixou o pensamento solto no ar, arrependida de ter começado a frase. Houve um instante de silêncio antes da pergunta:

– Como é esse Heitor, Jéssica?

– Olha, Alisson, eu sei que pensei numa idiotice sem tamanho agora. O Heitor é casado, tem dois filhos maravilhosos, uma esposa que é uma gracinha...

O investigador a interrompeu:

– Isso não significa absolutamente nada, Jéssica. Você sabe muito bem disso. Quantos casos conhecemos de pessoas que aparentemente têm uma vida normal em família e ainda assim cometem graves delitos?

– Eu não conheço nenhum caso – respondeu rapidamente, desconversando.

Alisson procurou acalmá-la.

– Acho que você está muito nervosa para conversar, Jéssica. Melhor ir para casa, esfriar a cabeça. Fique tranquila, nós vamos dar um jeito de descobrir. Vou conversar com um amigo perito em informática, e ele vai nos ajudar.

– Mas como, Alisson? Não temos pista nenhuma!

– Vamos ver o que dá para fazer. Além disso, você está se esquecendo de uma coisa muito importante.

– Do quê?

– Nós temos sua história!

– E daí?

– E daí que você vai continuar escrevendo para que possamos pegá-lo.

Com os olhos arregalados, Jéssica mirou o investigador. Estava apavorada:

– Alisson! Eu não posso!

– Como não? Tem que ser assim, Jéssica! É a melhor maneira de descobri-lo. Não temos certeza de que ele ainda vai mandar alguma sugestão para você. Pode ser que sim, pode ser que não. Tudo depende de como ele está tramando o próximo estupro dentro da cabeça dele.

– O próximo... – balbuciou, ao mesmo tempo que um temor terrível invadia seu corpo.

– É isso mesmo, Jéssica – afirmou, com frieza. – Você por acaso acha que ele vai parar?

– Não sei, Alisson. Eu não sei. Mas tem que ter outro jeito! Tem que ter! Você acha que eu conseguiria criar uma situação, consciente de que talvez isso coloque em risco a vida de outra pessoa?

– Acho, não. Tenho certeza. Você consegue.

Ela balançou a cabeça várias vezes.

– Não! Não dá, Alisson! Vou parar com tudo, vou agora mesmo avisar o Heitor.

– Calma, Jéssica. Se você parar, podem acontecer duas coisas: ou esse criminoso para também ou ele continua sem você, e nós teremos muito mais dificuldade em prendê-lo. Acredito mais na segunda hipótese.

Jéssica não disse nada. Alisson continuou:

– É muito difícil para a polícia resolver casos de estupro. Primeiro, porque as pessoas ainda evitam fazer a denúncia. As mulheres têm medo do que possa acontecer com elas. E eu não estou falando apenas da questão da ameaça, não. Tem o outro lado. Conheço muitos casos de maridos que não acreditam no estupro, acham que a mulher simplesmente facilitou. Ou da garota que fica grávida e a família a coloca para fora de casa por achar que é ela quem não presta. Sem falar do abuso sexual ocorrido na própria família. Não pense você que acontece pouco. São raros os casos em que os criminosos são pessoas totalmente desconhecidas da vítima.

Jéssica deu um suspiro antes de falar:

– Você sabe que eu sei de tudo isso, Alisson, do quanto eu estou envolvida com todas essas questões. Se não fosse assim, eu não estaria escrevendo!

– Você já pensou que, se essas mulheres não tivessem denunciado, você não teria feito nenhuma ligação entre os fatos e seu texto?

– Isso é verdade, eu nunca saberia. Nem eu nem a Verônica.

– Verônica?

– Ah! A garota que me escreveu. Ela leu duas das notícias e pressentiu algo errado. A partir daí é que fui checar tudo. A polícia ainda não tem nenhuma pista, Alisson? Nem sabe se ao menos se trata do mesmo criminoso?

– Como já lhe disse, os casos não estão sendo investigados por esta delegacia. Mas pelo retrato falado que nos foi enviado, eu acredito que se trata do mesmo criminoso, sim. Há algumas divergências referentes a cor do cabelo, porte físico... Talvez para uma das vítimas ele tenha parecido maior do que era realmente, talvez tenha usado algum disfarce... Até onde eu sei, nada foi encontrado nos arquivos da polícia. Se você escrever, talvez aumente a chance de capturá-lo mais rápido.

Enfim, ela se decidiu:

– Tudo bem, Alisson. Não vou desistir agora. Vou fazer tudo o que estiver ao meu alcance para ajudar a polícia.

O investigador sorriu.

– É assim que se fala, minha escritora favorita!

Antes de se despedirem, ele fez um último pedido:

– Não conte a ninguém o que estamos investigando. Não sabemos quem ele é, e eu não quero que você corra perigo.

Ela concordou prontamente:

– Não vou contar.

– E essa tal de Verônica que você falou?

– Pode deixar, vou responder para ela dizendo que não é nada do que está pensando. Fique sossegado.

O fã

Jéssica sentia-se exausta. Foi para o chuveiro assim que pôs os pés no apartamento. Tomou um banho demorado, deixando a água escorrer na cabeça, os olhos fechados. Arthur, Heitor, Alisson e um maníaco que seguia suas cenas.

Tentou pensar em outra coisa, precisava se concentrar na sequência da história. Já tinha escrito praticamente todo o capítulo, mas não podia deixar do jeito que estava, não ia servir para nada daquilo que ela e Alisson pretendiam. Teria que mudá-lo. Ia escrever o quê, então? Que cena? Com que personagem?

Terminou seu banho e foi até o quarto se vestir. Secou os cabelos, desembaraçou-os, olhou-se no espelho, pensativa. Nenhuma ideia ainda.

Depois de vestida, foi até o escritório e ligou o computador. Quem sabe alguma ideia nova surgisse e tornasse seu coração mais leve?

Jéssica conectou a Internet e acessou sua caixa postal. Novos *e-mails* haviam chegado. Leu o nome dos remetentes. Seus olhos brilharam quando viu um deles, em particular:

:: **De:** O fã

:: **Para:** Jéssica

Não imagina como fiquei feliz por você ter aceitado a minha humilde sugestão. Gostei do seu capítulo sobre a professora Iolanda. Você deu realidade à cena de tal forma que me comoveu.

Eu tenho uma outra, se me permite: por que agora não fazer de vítima uma escritora? O que acha?
Se aceitar, mais uma vez, me sentirei honrado de participar da sua história.
Um grande abraço.

– Cretino! – desabafou, dando um soco na escrivaninha.

Jéssica fechou a página. Tremia. Então era isso. Estava certa de que essa escritora de que ele falava só podia ser ela. Não tinha outra explicação. Então agora teria que escrever a cena em que ela própria seria violentada?

Achou aquilo tudo uma loucura. Um absurdo sem igual. Resolveu ligar para Alisson e lhe contar. Ficou feliz quando ele atendeu o telefone.

– Alisson? Ainda bem que te encontrei!

– Fala, Jéssica.

– Ele me escreveu.

– Verdade? – Alisson alegrou-se com a notícia. – Isso é ótimo! E o que ele diz?

– Você não vai acreditar.

– Fala!

– Ele quer que a personagem, vítima do estupro, seja agora uma escritora.

– Escritora? Mas você é uma escritora, Jéssica!

– Foi exatamente isso que eu pensei. Ele quer me pegar, Alisson. Mas por quê? Não é possível que seja um louco qualquer. Estou quase certa de que é alguém querendo me prejudicar, alguém que me conhece! Mas por quê?

– Isso eu ainda não sei. Mas vamos descobrir, Jéssica. Certamente, vamos descobrir. Vou mandar aquele meu amigo perito em informática ir até o seu apartamento, vamos rastrear esse *e-mail.*

– Achei que não tivesse nenhum inimigo, Alisson.

– Calma, Jéssica. Pode ser que a escritora não seja você. Não há certeza nenhuma disso.

– Alguma coisa me diz que é.

– E por quê?

– Não sei... Talvez para acabar com minha carreira...

– Mas você tem alguma ideia de quem poderia desejar uma coisa dessas?

Jéssica calou-se. Foi inevitável não pensar em Arthur nessa hora. Que Arthur não gostava do seu trabalho, ela já sabia fazia tempo. Que ele pedira milhares de vezes para ela publicar seus livros da maneira tradicional, também. Mas era óbvio que isso não seria motivo suficiente para que ele a fizesse desistir de vez de ser escritora. Ou seria?

– Jéssica! O que foi? Está pensando em alguém em particular?

– Não – mentiu. Não poderia fazer Alisson suspeitar do seu namorado. – Mas sabe em que eu pensei?

– Em quê?

Ela mudou o tom de voz, mostrando-se mais animada:

– Olha só o que me veio à cabeça agora. Talvez a pessoa que me mandou esse *e-mail* queira apenas me assustar, talvez fazer com que eu pense que serei a próxima vítima do estupro. E, ficando apavorada com tudo isso, eu não escreveria mais capítulo algum. Sendo assim, a história acabaria por aí mesmo. E, junto com ela, minha carreira também, é óbvio.

– Humm... faz sentido. Mas isso só se a pessoa souber que você está acompanhando os fatos pelos jornais ou pela Internet. Caso contrário, não teria certeza de que você se amedrontaria com uma sugestão desse tipo.

– Mas ela teria que arriscar, Alisson! Como é que teria certeza? Ia me ligar e perguntar algo assim: "Oi, Jéssica! Você tem acompanhado as notícias pelos jornais? Viu que suas histórias tornam-se realidade?".

– É. Você está certa. A única pessoa que fez isso foi essa tal de Verônica. Ei! Espera um pouco! Já pensou que Verônica pode ser um disfarce, um nome usado apenas para que a informação dos estupros chegasse até você?

– Será?

– É melhor investigar esse *e-mail* também. E, você, continue escrevendo. Nós vamos pegá-lo, e ele não vai encostar um dedo em você. Acredite.

Jéssica ficou pensativa durante alguns instantes. Depois afirmou:

– Alisson! Eu já sei como fazer!

PARTE 3

Capítulo 5

A professora Iolanda aguardava a chegada de Laura Ster na universidade para uma palestra sobre seu último livro.

Iolanda não escondia sua satisfação. Já contatara a escritora há meses, muito antes de ter acontecido todo aquele horror na universidade.

Ela já estava trabalhando, mas claro que não fora fácil voltar à rotina, reencontrar o grupo de professores e alunos depois de tudo, depois de ter decidido expor toda a dor e o sofrimento pelos quais tinha passado. Uma dor que se misturava a uma revolta sem fim. Sentia-se humilhada, mas não era covarde.

Já lera o livro de Laura Ster e ouvira falar muito bem de suas palestras. Coincidência? Não sabia dizer, mas Iolanda estava convencida de que o encontro não poderia ser mais propício. O momento era de muita tensão e medo. Ela própria ainda se sentia assim.

Quem sabe Laura Ster conseguisse acalmar os alunos com a palestra e amenizasse o clima. Era bom saber que havia pessoas envolvidas com projetos, frentes de combate à violência.

Laura Ster havia se consagrado como autora de romances policiais, mas seu último livro estava longe de ser apenas mais uma história. É que, de dois anos para cá, Laura vira-se envolvida com a ONG Sem Abuso e Violência e, por conta disso, decidira escrever um livro sobre essa nova experiência.

Um dos objetivos da ONG era, além de oferecer apoio às vítimas, informar e conscientizar a comunidade local sobre o problema. Um problema invisível, como costumava frisar nas suas palestras.

– Até quando vamos fingir que o problema não existe? – cutucava Laura. – Até quando as pessoas vão se calar, fechar os olhos, ser coniventes com a violência? Vamos tolerar, deixar que o medo nos limite, seremos sempre cúmplices da impunidade? Quando vamos acabar com essa rede de silêncio que nós próprios criamos?

Iolanda ia conversar com a escritora, quem sabe também pudesse ajudar de alguma forma, fazer parte da ONG. Alguma coisa tinha de ser feita. Tinha de ser! Não era possível que um maníaco continuasse solto.

De volta às mesmas lembranças. Era um ciclo. O coração que não sossegava. Uma dificuldade para respirar. Sensação de impotência, medo. Em vários momentos, durante a espera pela escritora, teve a certeza de que alguma coisa estava mesmo para acontecer.

E-mails, e-mails...

:: **De:** Alisson

:: **Para:** Jéssica

Rastreamos o *e-mail* e, como eu já imaginava, o fã mudou de lugar. Primeiro mandou de um *cyber café*, agora de uma *lan house*... Não conseguimos saber se é algum frequentador assíduo. O próximo pode ser de qualquer lugar, uma livraria, um bar... vai saber. Quanto à Verônica, tudo certo. É mesmo uma garota de 16 anos antenada com sua história e com a realidade.

Abraço.

:: **De:** Jéssica
:: **Para:** Verônica

Sei que suas aflições são reais, mas não se preocupe tanto a ponto de misturar minha história com a crueldade desses criminosos (infelizmente, nada virtuais). O fato é que coincidências existem e foi isso o que aconteceu. Fique tranquila, tenho certeza de que a polícia vai acabar prendendo o autor ou os autores daqueles dois estupros. Agradeço por ter me escrito. Fique bem. Um beijo pra você.

:: **De:** Mirella
:: **Para:** Jéssica

Tenho a impressão de que você não vai desistir, não é mesmo? Não sabe escrever sobre outra coisa? Disseram que você era uma boa autora de histórias, mas começo a ter minhas dúvidas. Quer falar da realidade, mas não sabe como é. Não pensou como a professora ia ficar depois da denúncia, que ia sair no jornal? Todo mundo sabendo, a maior vergonha. Por isso é que ela fica tão mal. Se não tivesse falado nada, não ia se sentir assim, cheia de medo. E é medo o que ela sente. Medo de que aconteça tudo de novo.
Quer saber? Não sei por que eu estou lhe falando sobre isso agora, dando palpite. Já disse que acho sua história horrível. Uma droga!
Não devia nem ter lhe escrito.

:: **De:** Jéssica
:: **Para:** Mirella

Sou obrigada a discordar de você. Não acho que a professora deva se sentir envergonhada, não. De maneira nenhuma! Quem tem que ter vergonha é a pessoa que a violentou. Ele, sim, tem motivos de sobra para se envergonhar.
Você acha mesmo que se ela não tivesse denunciado não sentiria medo?

:: **De:** Verônica

:: **Para:** Jéssica

Você pensa que engana quem com essa história de coincidência? Se você não sabe, não foram dois estupros, foram três. Todos os que você escreveu. Eu fui pesquisar e encontrei. O que vai fazer agora?

:: **De:** O fã

:: **Para:** Jéssica

Acabei de ler seu capítulo. Vejo que gostou da minha sugestão. Laura Ster. Muito bem escolhido. E agora? Como vai ser daqui para frente, minha querida escritora? Você não deu nenhuma dica ainda. Estou muito ansioso.

Forte abraço.

:: **De:** Jéssica

:: **Para:** Verônica

Por favor, não conte isso a ninguém! Também fiquei desconfiada e fui investigar assim que você me mandou o primeiro *e-mail*. Algumas providências já foram tomadas. Posso confiar em você?

:: **De:** Verônica

:: **Para:** Jéssica

Fique tranquila. Sou um túmulo.

Beijão.

Angústia

— Tô notando que você não tá bem hoje. Aconteceu alguma coisa, Bárbara?

- Ah... sempre acontecem uns aborrecimentos no trabalho... Mas tá tudo bem, logo passa. Esquece.

Verônica ficou observando o jeito da amiga, que a todo custo tentava disfarçar copiando a tarefa da lousa. Bárbara andava tão esquisita! Nunca a vira assim, tão calada... Será que era por causa daquele garoto do trabalho? Então havia mesmo algum motivo para isso? Era realmente sério?

Achou melhor dar um toque:

- Bárbara, se você tá assim por causa daquele cara... Por que não fala com seu chefe?

Bárbara não respondeu, só balançou a cabeça. Verônica insistiu:

- Conta tudo pro seu chefe, Bárbara. Diz que o cara vive te assediando.

Ultimamente, Bárbara andava se sentindo tão triste e sozinha! À noite, sonhos confusos, pesadelos... acordava assustada. Levantava, ia até a cozinha andando devagar, olhando para todos os cantos. Tomava um copo-d'água, voltava para o quarto, rolava na cama, às vezes de olhos fechados, às vezes abertos, estatelados, procurando nem sabia direito o quê.

Chegava a sentir raiva de si mesma. Se não conseguia controlar nem a própria vida, como fazer o que a Verônica dizia? Ela pensava que era assim, fácil? Que era só falar que as pessoas acreditavam e pronto? Quem ficaria do seu lado? E se, simplesmente, não ficasse ninguém? E se a julgassem uma mentirosa, uma pessoa que estava tão somente querendo prejudicar a imagem da outra? E se a condenassem? Não tinha que falar nada, não tinha! O que é que a Verônica sabia da vida, além de ficar lendo romances na Internet e escrevendo no *blog*?

– Bárbara... – Verônica chamou, delicada.

– Ah, Verônica! É tudo tão complicado!

Bárbara achou tudo uma injustiça muito grande. Deixou cair o lápis na carteira, debruçou-se em cima dos braços e, num desespero, começou a chorar.

Capítulo 6

– Laura Ster?

A palestra já tinha terminado, e a escritora deixava a universidade quando foi chamada. Ela olhou para trás.

– Puxa! Sou seu fã há muito tempo! Leio tudo o que escreve, aprecio demais sua literatura.

– Muito obrigada, fico feliz em saber disso – Laura sorriu, simpática.

– Sabe, eu também gosto muito de escrever, tenho até alguns rascunhos, textos que nunca mostrei a ninguém, todos na gaveta da escrivaninha. Na verdade, isso é um segredo meu, tenho pavor de críticas. Só mostraria se fosse para alguém assim, como você.

Laura tornou a sorrir, já antevendo a intenção do rapaz.

– Eu não sou crítica de literatura.

– Mas poderia me dar umas dicas, não poderia? Alguma coisa assim: aqui está bom, aqui não, corta esse trecho, está um horror aquele...

– Não sei se eu teria condições para isso...

– Ah, teria, sim. Você é a melhor autora de livros policiais que eu conheço. Eu me inspiro em você. Tudo bem que não é esse o tipo de livro que escrevo, mas mesmo assim tenho certeza de que você poderia me ajudar, me dar uma mãozinha. Queria tanto publicar meu livro, fazer sucesso como você, Laura!

– Olha... como é mesmo seu nome? Desculpe, não me lembro.

– Eu não falei. Só disse que era seu fã. O seu maior fã, talvez. Acompanho seu sucesso não é de hoje, leio tudo o que você escreve, leio sobre sua carreira... E agora estou aqui, pedindo sua ajuda. Sei que deve ter muitos compromissos, mas...

Desta vez, foi ela quem interrompeu:

– Você acertou. Tenho compromissos que não acabam mais. Gostaria muito de ajudá-lo, mas acho meio difícil. Se quiser, pode me escrever e lhe mando alguns endereços de editoras, alguns nomes... É o que eu posso fazer no momento. Espero que compreenda.

O rapaz olhou fundo nos seus olhos. Laura Ster. Uma escritora incrível bem ali, na sua frente, conversando com ele. Puxa, era mesmo inacreditável! Pena que ela não queria ajudá-lo, não queria colaborar. Uma pena mesmo.

Nesse momento, dois repórteres de televisão apareceram. Não tinham conseguido chegar a tempo de acompanhar a palestra e tentavam agora uma entrevista, antes de a escritora deixar a universidade. Outros fãs, também leitores de suas obras, aproximaram-se pedindo autógrafos. De repente, um aglomerado de pessoas formou-se em volta da autora, despejando uma avalanche de perguntas:

– O que você tem a dizer sobre a ONG Sem Abuso e Violência?

– Você pode contar alguns casos em que a atuação da sua ONG obteve sucesso?

– É verdade que você vai deixar de escrever histórias policiais?

Com paciência, Laura procurava responder a todas as perguntas. O rapaz ficou um pouco afastado, observando-a.

Laura tinha um jeito que o encantava. Poderia ter dispensado todos os repórteres, não ter dado a mínima importância para nenhum deles; afinal, estava de partida, já concedera todas as entrevistas no final da palestra. Esses repórteres perderam a oportunidade porque quiseram, que chegassem mais cedo, ora essa! Mas não. Era a mesma Laura atenciosa de horas atrás.

As pessoas ainda continuavam em volta da autora. O rapaz observando tudo. Pensou que talvez ela precisasse de alguma coisa. Ele, tão gentil, poderia lhe arrumar um copo-d'água. Ao menos isso. Laura devia estar ficando sufocada com tanta gente ao redor. Era o mínimo que um fã, talvez o maior apreciador de seus livros, poderia fazer. O mínimo.

O rapaz afastou-se. Minutos depois, voltou da lanchonete com uma garrafinha em uma das mãos e um copo na outra.

Laura ainda falava com os repórteres sobre a ONG. Era um projeto muito importante para ela: quanto mais pessoas soubessem dele e o apoiassem, melhores seriam os resultados. A disponibilidade da professora Iolanda, que se ofereceu para colaborar com tanta boa vontade, tinha caído feito uma luva. Precisava dela sim, precisava da ajuda de todos.

– Com licença – O rapaz foi se infiltrando no meio das pessoas, abrindo passagem. Olhou para Laura e um sorriso estampou seu rosto. Foi amável e gentil. – Trouxe água para você, Laura. Aceita?

Mais *e-mails*

:: **De:** Mirella
:: **Para:** Jéssica

Desculpe insistir no mesmo assunto, Jéssica, mas me fala uma coisa: se fosse com você, não com a professora Iolanda, que não é gente de carne e osso e sim inventada pela sua cabeça, você denunciaria mesmo? É que as pessoas não confiam umas nas outras, acham que mentem, que estão sempre fazendo coisas erradas. Você acha que a pessoa ia ficar em paz consigo mesma e ter uma vida normal daí pra frente?

:: **De:** Jéssica
:: **Para:** Mirella

Mirella, o que a professora Iolanda fez é exatamente o que eu faria, sem a menor dúvida. Não porque ela seja somente uma personagem. Pra mim, é como se fosse uma pessoa de verdade.

Quantas mulheres já não passaram pela mesma situação que ela na vida real? E, com coragem e determinação, foram à polícia, deram depoimentos e aguardam, mesmo sabendo de todas as dificuldades, que o criminoso seja punido? Claro, como você falou, também há aquelas que sentem medo, não sabem que o melhor a fazer é denunciar. Mas se elas procurarem ajuda, terão o apoio de que precisam.

Me fala uma coisa, Mirella: por que você está tão perturbada com essa questão? Aconteceu alguma coisa com você que a está deixando assim insegura, sem saber como agir? Você quer conversar comigo a respeito disso?

:: De: Carolina

:: Para: Jéssica

Jéssica, quando é que vão pegar esse bandido? Já estou ficando nervosa com tudo o que ele anda aprontando! Agora vai ser com uma escritora? É isso? Ou ela entrou na história justamente para atrapalhar?

Que tal você colocar a Laura Ster como uma detetive disfarçada e prender o rapaz bem na hora H? Gostou?

Beijinhos

:: De: Mirella

:: Para: Jéssica

Você fala de um modo tão simples, mas tão simples! Queria que realmente fosse assim. Queria que tudo na minha vida fosse uma história, como as que você escreve.

Já passei por muitas coisas. Coisas que não dá pra resolver nem falar com quem quer que seja. Não vou dizer que não tentei quando percebi que não era certo, mas quem eu precisava que ficasse do meu lado não ficou.

Então, por que procurar mais alguém? Por que a denúncia seria tão importante, como você mesma disse? Pra quê? Sei que a culpa ia cair sobre mim depois. Eu sou sempre a pessoa errada, a que não faz nada certo, a que não sabe entender a diferença entre carinho e violência... não dá.

Por isso eu não posso contar, falar, como a professora Iolanda fez. Mesmo se ela não fosse apenas uma personagem, seria uma mulher adulta, uma professora de universidade. Muito diferente de mim.

Jéssica, decidi que não vou mais te escrever e perturbar seu trabalho com meus problemas. Não tem nada a ver. Você tem sua história pra terminar, outras pra começar e eu não tenho que ficar me metendo naquilo que você decide fazer com suas personagens.

Espero que a professora Iolanda e a Bruna tenham um final feliz.

Livros eletrônicos

Naquele sábado de manhã, Heitor e Jéssica tinham um compromisso com os estudantes de Letras, no anfiteatro da universidade. Ambos fariam uma palestra. Heitor, sobre os *e-books*; Jéssica, sobre seus últimos livros publicados.

Heitor foi o primeiro a se dirigir ao palco. Jéssica sentou-se numa das cadeiras da plateia, do lado do corredor, e ficou ouvindo a palestra. Ele era um homem que cada vez mais se encantava com o mundo tecnológico. As pessoas ainda vão acabar mudando de hábitos e adotando de vez os livros digitais, era o que dizia.

O anfiteatro estava lotado, a plateia toda prestando atenção. Jéssica mal conseguia ouvi-lo. Ficava o tempo todo virando o pescoço para um lado, para o outro, procurando, tentando adivinhar, entre os presentes, quem seria o suposto criminoso e em que ele estaria pensando nesse momento.

Quando combinou com Alisson de escrever a cena do estupro da escritora, logo lembrou-se do seu compromisso no sábado de manhã. Era uma tentativa. E se aquele maníaco estivesse mesmo seguindo seus passos, se estivesse mesmo atrás dela, deveria estar ali agora, misturado aos demais estudantes.

Olhou para trás mais uma vez. Seus olhos cruzaram com os de um moço, três fileiras atrás. Ficou sem graça, não gostou da sensação de ser flagrada. Se continuasse com esse comportamento, qualquer um perceberia que estava procurando alguma coisa ou alguém. Incluindo ele, o criminoso. Virou-se para frente e prometeu não olhar mais. Mesmo porque, como saberia? Quem poderia ser?

Achava tudo isso uma coisa tão maluca! Como um estuprador ia chegar perto dela e ameaçá-la na frente de tanta gente? Não fazia a mínima ideia. Acreditava até que fosse impossível acontecer. Mas, mesmo assim, seguiu a orientação do investigador: "apenas escreva".

Essa inquietação persistiu durante toda a palestra. Não passou nem quando Heitor já conversava informalmente com alguns estudantes, depois de terminada sua fala. Jéssica acompanhou pouquíssimas frases, pegava-se a todo instante com a cabeça e a imaginação voando juntas.

Por isso, ela levou o maior susto quando o professor Gilberto, coordenador do curso de Letras, aproximou-se por trás e colocou a mão no seu ombro. A autora deu um pulo na cadeira, o homem até ficou sem jeito.

– Desculpe, Jéssica. Não queria assustar você.

– Não se preocupe, está tudo bem. Eu é que estava meio longe, só isso.

– É sua vez agora.

Jéssica subiu ao palco e falou sobre suas obras. Respondeu às perguntas e às curiosidades do público, principalmente a respeito do seu último livro. Depois, deu autógrafos.

O professor Gilberto agradeceu a presença dos dois e se despediu, dizendo que estava muito feliz em conhecer a autora pessoalmente, era um admirador do seu trabalho.

Na saída, Heitor perguntou a Jéssica sobre o lançamento de um livro.

– Vai ser hoje à noite, sim, Heitor, na livraria do Arthur. Por que é que está perguntando?

– Por nada. Só queria saber. Talvez eu dê uma passada por lá.

– Heitor, Heitor... não vá arrumar confusão com o Arthur! Ele sabe muito bem das suas ideias. Vai chegar lá e falar de novo que o futuro do livro é o *e-book*?

– Claro que não, Jéssica! Não quero brigar com ele. É que a Patrícia foi viajar, levou as crianças, só não fui junto por causa dessa palestra. Não vou ter nada para fazer hoje à noite.

– Bom, você é quem sabe. Só não quero que atrapalhe a noite de autógrafos na livraria do Arthur. Ele está muito animado, só falou disso a semana toda.

Antes de deixarem a universidade, Jéssica e Heitor passaram ao lado de uma das lanchonetes. Ele parou de andar e segurou no braço da autora.

– Preciso de uma água, Jéssica. Vamos até ali comigo.

– Água? – A palavra fez sua memória trabalhar.

– É. Vamos lá.

Jéssica não se mexeu. Disse, devagar e aos poucos:

– Mas... tinha água na mesa, lá na palestra...

Ele olhou para ela com cara de quem não estava entendendo.

– E daí? Não posso ficar com sede de novo?

– Pode... É claro que pode.

– Ih, Jéssica! Que cara mais esquisita! Você não está se sentindo bem?

– Eu?

Heitor desistiu de entendê-la. Deixou-a parada no lugar e foi até a lanchonete comprar sua água. Apesar de alguns passos distantes, Jéssica não deixou de observar Heitor por um só segundo. Logo depois, ele voltava com dois copos.

– Comprei para você também. Nossa! Que cara! Melhor tomar um pouco, antes que passe mal de verdade.

Segredos

— Muito estranho. Muito estranho, mesmo!

– O que foi dessa vez, Verônica?

– A história da Jéssica, Bárbara.

– De novo essa Jéssica?

– É! De novo, sim! Escuta só uma coisa, Bárbara. Eu prometi não contar nada, mas... bom, você é minha melhor amiga, confio em você mais que tudo e sei que guardaria até a morte um segredo meu. Quer dizer, o segredo não é bem meu, mas eu prometi não contar nada.

– Ai, Verônica! – Bárbara bronqueou. Tinha hora que a amiga era tão confusa! – Fala logo, menina!

– É sobre a história da Jéssica.

– De novo com isso...

– Bárbara, alguma coisa muito estranha está acontecendo. Tem um maluco seguindo os passos dela.

– Hã?

– As cenas, entende?

– Não, não entendo.

– Alguém anda cometendo os estupros que ela escreve.

– O quê?!

– É verdade, sim! Escrevi pra ela, contando o que li na Internet. A Jéssica também já descobriu. Mas agora... Sua nova personagem é uma escritora! Não acha esquisito isso?

Bárbara foi ficando meio pálida. Verônica logo percebeu. Que é que tinha dado nessa menina?

– O que é que tá acontecendo com você, Bárbara?

– Não é nada, Verônica.

– Nada, nada, sempre nada! Aquele dia lá na escola você começou a chorar, quase entrou em parafuso, um desespero tão grande! Aí não quis me falar nada, ficou dando voltas e mais voltas... Pensa que eu não percebi que você demorou pra se acalmar? Teve até que sair da sala! Que é que tá acontecendo? Poxa, Bárbara! Acabei de te revelar um segredo que eu tinha jurado não contar pra ninguém e você nem pra se abrir comigo? Bela confiança você tem em mim! Muito obrigada, viu?

– Não é isso, Verônica! Olha, eu não tenho nada pra falar de mim. Eu vou embora.

A garota foi se levantando, mas Verônica não deixou. Deu um puxão no seu braço, fazendo-a sentar novamente. Bárbara até se assustou com o gesto brusco da amiga.

– Quer parar de fugir, Bárbara! Vai fazer o que na sua casa em pleno sábado à tarde? Não vai falar de novo que sua avó tá te esperando!

– Tem os trabalhos pra fazer, esqueceu?

– Não, eu não esqueci. Você que parece ter esquecido o que combinamos de fazer juntas. Por isso veio até aqui, lembra-se? Anda com a memória fraca também?

– Não, Verônica. Mas estou sem cabeça. É melhor deixarmos pra amanhã.

– Não, Bárbara. Às vezes, nós vamos deixando as coisas para o outro dia, vamos deixando, deixando... e nada se resolve.

– Do que é que você tá falando?

Verônica mudou o jeito de falar, foi mais suave:

– Você anda muito apavorada, Bárbara. Por que esse temor

todo, o que é que tá acontecendo? Você é uma menina tão bacana, tão bonita...

- Eu não sou bonita, Verônica. Nem sei se sou tão bacana assim. Você fala isso porque é minha amiga.

- Claro que não! Eu tô sendo sincera! Que história é essa de não se achar bonita? - Depois de instantes, Verônica completou: - Ando preocupada com você.

Bárbara começou a chorar, como no outro dia.

Verônica insistiu:

- Confie em mim, Bárbara. O que tá acontecendo de verdade? Me conta! Eu quero te ajudar!

O lançamento

— Não estou entendendo, Alisson. Nada aconteceu na universidade. Absolutamente, nada!

- Também não sei o que lhe dizer, Jéssica. A não ser para você ficar calma, sinto que está precisando ouvir isso.

- Como é que você quer que eu fique calma? E agora? Faço o quê? Você percebe que eu não vou conseguir botar um fim nessa história? Acho que esse cara está brincando com a gente, nos fazendo de idiotas! O que é que eu faço, Alisson? O maníaco violenta ou não a Laura Ster?

- E você vem perguntar isso pra mim? A escritora é você! Mas fique tranquila, estamos rastreando mais alguns *e-mails* do seu fã.

É só uma questão de tempo, e conseguiremos pegá-lo.

– Maldita hora em que tudo isso começou! Agora estou completamente perdida, saí do que eu estava realmente imaginando no começo, não sei mais como consertar o que tá feito... Vai ver era isso o que ele queria. Me confundir! E acho que conseguiu – Ela deu um suspiro antes de encerrar a conversa, o investigador ouviu do outro lado da linha. – Mas chega de falar agora, Alisson. Vou ter que desligar, o Arthur já deve estar pensando por que é que eu não cheguei ainda.

Arthur se sentia muito feliz em promover o lançamento do último livro do escritor Ismael Gonçalves na sua livraria. Feliz e nervoso. Arthur era perfeccionista e, só de pensar que alguma coisa pudesse dar errado ou não sair a contento do escritor, ficava louco, desesperado.

Quando viu Jéssica entrando, logo correu ao seu encontro.

– E aí? A livraria ficou bonita? O que você acha?

Ela deu uma rápida conferida, aprovando todos os detalhes.

– Está tudo ótimo, Arthur. As flores, os livros do lançamento, os livros mais antigos do autor... todos muito bem arrumados ao lado da mesinha. Perfeito!

– Ufa! Que bom que você gostou, meu amor!

Ela olhou ao redor e depois para a porta de entrada.

– Parece que vai ser um sucesso, Arthur. Tem bastante gente chegando. Dá só uma olhada.

– Ainda bem! Sabe que eu fico sempre apreensivo com esses lançamentos.

– Fique tranquilo, Arthur – ela sorriu, amorosamente. – Vai dar tudo certo.

Ismael Gonçalves já estava autografando. Arthur disse à namorada que não dava para conversar muito agora. Precisava ficar atento, não podia acontecer nada errado. Maurício e Norma também ajudavam a supervisionar tudo. A livraria estava lotada.

– Depois a gente se fala mais – Ele deu um beijo rápido na namorada, despedindo-se. Ela concordou, balançando a cabeça.

Os garçons circulavam o tempo todo entre os convidados e serviam vinho branco gelado, canapés, água e refrigerante. De longe, Jéssica avistou Maurício, que levava mais alguns livros do autor para a mesa. Ele a cumprimentou, erguendo a mão. Ela fez o mesmo. Norma também estava atarefada. Conversava com os convidados, mostrava onde se encontrava o autor, recebia todos com muita simpatia. Arthur foi para o caixa, ajudar outra funcionária.

O garçom se aproximou, e Jéssica pegou uma taça de vinho. Estava realmente muito bom, Arthur fizera uma ótima escolha. Quando ia dar meia-volta para cumprimentar o autor, Jéssica teve uma surpresa:

– Você por aqui?

– Vim cobrir o lançamento. Esqueceu que eu sou um repórter?

– É verdade, Fernando. Tudo bem com você?

– Tudo ótimo! Parece que esse Ismael anda fazendo o maior sucesso.

– Ele é mesmo muito bom.

– Duvido que seja melhor que você.

– Você tem razão, rapaz. A Jéssica escreve muito bem. É a autora de *e-books* mais famosa que existe!

Fernando olhou para trás, curioso para saber quem era o dono daquela voz. Logo descobriu:

– Muito prazer, sou Arthur, o namorado dela – Arthur esticou o braço na direção de Fernando. O repórter fez o mesmo e deram-se as mãos.

– Muito prazer. Sou Fernando, um amigo da Jéssica. Mais precisamente, um antigo vizinho.

– Minha namorada já tinha me dito quem você era – Arthur antecipou-se. – Foi num dia em que vocês almoçaram juntos, se não me engano. Não foi isso, meu amor?

Claro que Arthur estava sendo irônico. Jéssica só deu um sorriso e confirmou com a cabeça.

– Mas fique à vontade, Fernando – Arthur continuou, a mesma voz indiferente. – Preciso voltar ao caixa.

– Será que eu posso fazer uma rápida entrevista com o autor? – pediu o repórter.

– Melhor você perguntar isso pra ele – Arthur respondeu, seco. E saiu.

Quando Arthur já tinha se afastado um pouco e já cumprimentava uma pessoa, Fernando perguntou:

– Seu namorado é ciumento?

– Não, imagine. Ele só está um pouco preocupado com a festa.

– Ah... Bom, Jéssica. Foi legal te ver. Agora eu tenho que fazer meu trabalho.

Fernando saiu em direção ao autor. Jéssica ia falar com Ismael mais tarde, achou melhor esperar até que diminuísse um pouco o número de pessoas que estavam em volta dele. Também, não tinha pressa, só ia embora depois que o evento terminasse e Arthur fechasse a livraria. Tinha combinado isso com ele. Iam jantar, comemorar o sucesso da noite.

Assim, continuou a andar, parando de vez em quando para conversar com alguns conhecidos. Num certo instante, foi até o balcão, perto do caixa, onde estava Arthur. Conversou mais um pouco com o namorado e a funcionária.

Não foi muito depois disso que Jéssica começou a se sentir estranha. Não devia ter bebido o vinho sem antes comer alguma coisa. Às vezes, passava mal nessas circunstâncias.

– Estou me sentindo meio tonta, Arthur – ela reclamou.

– O que foi?

– Não sei...

– Você quer ir lá dentro, no escritório? – E apontou para uma das salas.

Ela só fez que sim com um movimento de cabeça. Decididamente, estava muito tonta.

Arthur pediu para a funcionária do caixa tomar conta de tudo, se precisasse de algo era só chamar Maurício. Em seguida, abraçou a namorada, e os dois seguiram para o escritório, que ficava logo depois de um corredor, nos fundos da loja. Ele tirou a chave do bolso e abriu a porta. Acendeu as luzes. Passou a chave para o lado de dentro e levou a escritora até o sofá.

– Fique aqui, Jéssica – Ele foi ajudando a namorada a se ajeitar. Ela tentava olhar para ele, mas seus olhos se fechavam pesados. – Fique deitada o tempo que quiser. Vai ver é só uma indisposição passageira. Eu preciso cuidar de tudo lá fora, não dá pra ficar aqui com a livraria lotada desse jeito. Mas não se preocupe, ninguém vai incomodar você. Assim que as coisas se acalmarem, eu volto pra ver se está tudo bem, ok?

Jéssica não conseguiu responder. Sentia-se cada vez mais tonta, indefesa, um sono sem igual. Muito sono. O corpo sem mais nenhum controle.

Era tão bom estar com Arthur nessa hora, tê-lo por perto! Mas por que é que ele tinha que deixá-la sozinha? Por quê? Sentia-se desprotegida, não estava conseguindo raciocinar direito.

Sentiu medo. Queria pedir para Arthur ficar ali, alguém tinha que protegê-la! Mas Jéssica não conseguiu falar nada, nem uma palavra sequer saiu de sua boca.

A última coisa que viu foi o rosto de Arthur. Um rosto bonito, um sorriso amoroso nele. Parece que sentiu um beijo, não tinha tanta certeza. Depois, foi tudo sumindo, sumindo...

Arthur. Era a última pessoa de quem se lembrava.

Capítulo 7

Era sábado à noite e Laura já estava pronta para outro compromisso: o lançamento do livro de um escritor, grande amigo seu, numa livraria em um dos *shoppings* da cidade.

Laura não sabia, não tinha nem noção, mas estava na mira do rapaz. Ele obteve informações seguras de que ela estaria presente. Uma oportunidade? Achou que sim, esperava por isso havia muito tempo.

O rapaz conhecia bem a livraria, os detalhes do lançamento, até mesmo o que seria servido aos convidados. Ainda não sabia direito como fazer, mas sua intuição lhe dizia que, na hora, tudo daria certo. O importante era estar preparado, o frasco da droga no bolso. Ia observar e aguardar o momento certo. Um predador é assim: observa, aguarda e depois ataca.

O rapaz ficou andando entre os convidados, a livraria lotada. Viu quando Laura chegou e o proprietário correu para cumprimentá-la, visivelmente emocionado com a presença dela ali. Conversaram um pouco, ele colocou a livraria à disposição da autora para os próximos lançamentos, foi extremamente simpático. Depois, saiu.

Quando o garçom apareceu, Laura aceitou uma taça de vinho. Durante um tempo andou pela livraria, conversou com as pessoas. Mais tarde, parou perto do caixa e tornou a conversar com o proprietário. A taça de vinho em cima do balcão.

O rapaz sentiu que o momento era esse. Sem perder tempo, nem pensar muito, passou para o lado de dentro do balcão. Procurou não olhar para ela, disfarçou, pegou livros, conferiu, mudou-os de lugar. Laura estava distraída, conversando; ele, atento, fez a troca da taça da escritora por outra em que colocara a droga, o vinho também pela metade.

Sentiu um frio na barriga nesse momento. E se Laura não tomasse o restante do vinho? E se ela terminasse a conversa e saísse, deixando a taça exatamente do jeito que estava? Não, nem queria pensar nisso, não podia ser tão azarado! É claro que não.

Continuou fingindo procurar alguns livros. Estava ainda mais impaciente agora. Bem mais. Até deixou um deles cair no chão. Ao abaixar-se para pegá-lo, atrapalhado, deixou cair outro. Que é que estava acontecendo? Tinha que se controlar, tinha!

Mas Laura sequer prestava atenção nele, quanto a isso poderia ficar tranquilo. Ela continuava conversando, agora com a moça do caixa.

"Vamos... vamos", ele pensava. "O que será que ela está esperando?"

Enfim, Laura pegou a taça e terminou de beber. O rapaz nem acreditou. Sentiu-se eufórico, vitorioso. Era o máximo, um gênio! Seu plano tinha dado certo. Agora, era só esperar.

Não demorou muito e Laura começou a passar mal. O dono da livraria percebeu e providenciou um local para acomodá-la. Era o escritório, no final do corredor. Mas o rapaz sabia que ninguém poderia ajudá-la nesse momento. Laura ia dormir profundamente e, quando acordasse, não se lembraria de nada. A última coisa seria o rosto daquele homem amparando-a no sofá. E só.

Quando o caminho ficou livre, foi até lá. A porta estava fechada para que ninguém incomodasse a escritora e ela, assim, se recuperasse do mal-estar passageiro. Ele olhou para os dois lados antes de girar a maçaneta. No corredor, ninguém. Abriu. Assim que entrou, trancou a porta por dentro. E lá estava ela, tranquila, dormindo no sofá.

– Você é linda, Laura. E será minha.

Neste instante, suas mãos ganharam força. Ele agarrou a blusa de Laura e começou a puxá-la de um lado e de outro, num desespero só, o coração disparado. Beijou seu pescoço. Sentiu seu cheiro. Parecia ter ouvido um barulho na porta. Devia ser impressão, todos estavam ocupados com o lançamento. Mas, assim mesmo, era melhor ser rápido, não podia demorar. Jogou a blusa longe. O barulho se repetiu. Dessa vez, mais forte. O que é que estava acontecendo? Mais forte e mais forte. De repente, um estrondo. Era a porta do escritório, arrombada. Assustou-se. Não esperava por isso logo agora. Quem estaria ali querendo atrapalhar seus planos?

– Sabia que íamos pegá-lo – foi a única explicação que ouviu.

Na entrada do escritório, dois homens armados. Sentiu-se acuado, a presa na reta do predador. Os revólveres apontados para ele o deixaram paralisado, cheio de medo. Não, não era medo. Era pânico mesmo.

O revólver... Tenho que fugir! Tenho que fugir! Eram as palavras que sua mente repetia e repetia. Parecia não ter outra coisa para pensar. Tenho que fugir!

Mas suas pernas não se mexiam, não obedeciam à ordem. Estavam congeladas. Sentia-se congelado por inteiro, não conseguia se mover, tomar uma atitude. Um grito. Um grito tinha que sair da sua garganta, explodir, fazer com que todos ouvissem e viessem ajudá-lo! Ninguém ali para ajudá--lo? Por quê? Onde estava todo mundo? Por que tinha que estar sozinho?

Aquela casa... sua casa, mas... quem era ele? Quem era aquele homem invadindo tudo? Tenho que fugir! Tenho que fugir! Grita, grita! A voz que não saía. A mão forte segurando. Covarde! Covarde! Covarde!

O rapaz sentia-se confuso, atordoado. Colocou as mãos na cabeça, apertou os olhos, prendeu a respiração. Cenas e mais cenas apareciam recortadas a sua frente, como num quebra-cabeça. Era estranho esse espaço que a sua mente teimava em vagar. Um garoto, um homem. O que estava acontecendo com ele? Ou não era ele? Não, claro que não! Era tudo um sonho e, quando o sonho acabasse, ia abrir os olhos e recuperar sua vida, teria o controle de tudo outra vez. Só precisava de calma. Só precisava esperar. Esperar, esperar. Tudo passava, tudo. Não era ele, não era ele!

Embaralhou todas as peças, mandou o quebra-cabeça para longe. Piscou duro. Viu Laura. Era Laura que estava ali, deitada naquele sofá. Tinha que saber disso, não precisava sentir medo, não precisava. Aos poucos, sua mente começava a trazer a realidade de volta. A autora, o escritório, a livraria...

– Você está preso – de novo a voz de um dos policiais, acordando-o. Não sabia qual pesadelo era pior. – Faz tempo que procuramos você.

– Não sei do que está falando – ele disse. A realidade mais viva que nunca. Nessa hora entendeu, estavam ali para levá-lo preso. E Laura? Tão perto! Não podia ter dado errado! Não podia!

– Suas vítimas vão confirmar se sabe ou não.

Um dos policiais se aproximou e o algemou. Ele não resistiu. Poderia ser preso agora, mas um advogado iria tirá-lo da prisão depois. Não ia ficar lá durante muito tempo.

Antes de saírem com o rapaz do escritório, um dos policiais, satisfeito, disse para o outro:

– Acabou. Nós pegamos o cara.

Capítulo final

A polícia na livraria foi uma má surpresa para o rapaz. Como desconfiavam dele se tinha uma vida normal, como a de muitos? Como? Era um funcionário exemplar, trabalhava na livraria havia vários anos!

Conhecia Laura, seus livros, sua carreira. Mas dela sempre teve apenas uma coisa: o desprezo. Quando ia à livraria, mal o olhava. Se ele tentava puxar um papo, cortava logo, mantinha-se distante. Por quê? Não estava a sua altura? Era isso?

Lia seu livro, ideias iam surgindo. Mesmo que quisesse, era impossível controlar. Estava completamente obcecado. Completamente! Era só isso que ocupava sua cabeça dia após dia, noite após noite.

Laura Ster. Quem ela pensava que era? Quem? Uma escritora envolvida com denúncias, mobilizações, palestras, ONG... Tudo inútil. Não ia descobri-lo nunca. Nem ela, nem essa ONG, nem a polícia. Ninguém. Laura não poderia fazer nada. Ia acontecer exatamente como tinha acontecido com as outras.

Mas o fato era que o policial já estava no seu encalço. Havia as denúncias das vítimas, o retrato falado. Se não fosse por isso, muito provavelmente continuaria agindo da mesma maneira.

Depois da prisão, a foto do criminoso foi espalhada por todas as delegacias, até os jornais a publicaram na esperança de que houvesse mais reconhecimentos. A polícia achava possível que surgissem outras vítimas, além de Bruna, Iolanda e Laura. Pena que Gabriela não pudesse apontá-lo, mas tudo indicava que também fora ele o autor daquele estupro.

Algum tempo depois, a escritora soube de toda a história do rapaz. Teria sido tudo diferente se ele tivesse recebido a atenção necessária naquela época. A violência sofrida na infância destruíra sua vida emocional e sexual, interrompendo o desenvolvimento de uma sexualidade saudável. Laura sentia pena, apesar de tudo.

A escritora já retomara as atividades na ONG; agora, a professora Iolanda também ajudava. Aos poucos, tudo voltava à rotina. Palestras de conscientização, campanhas educativas, denúncias, notificações, encaminhamentos... A luta para que a sociedade veja o problema de uma vez por todas, deixe de ser omissa e passe a ser protetora.

O *site* de Verônica

Uma das coisas que mais incomodavam Jéssica era o fato de Mirella ter parado de lhe escrever. Comentou sua inquietação com Arthur. Ele continuava inconformado com o fato de Maurício, seu funcionário de confiança e, por que não dizer, seu amigo, estar envolvido em tantos crimes sexuais.

Maurício tinha 25 anos e havia quatro trabalhava na livraria. Para Arthur, era tudo muito difícil de acreditar. Mais que isso: de entender.

Jéssica estava preocupada com Mirella. Sua intuição lhe dizia que a garota devia estar passando por algum tipo de violência familiar. A escritora já lhe mandara diversos *e-mails*, já passara o número do Disque-Denúncia, já fizera tudo o que estava ao seu alcance para ajudar. E nada. Nenhuma resposta. A garota não queria mais fazer contato, era isso.

Algum tempo depois do término do seu livro, Jéssica continuou a receber correspondências dos leitores.

A de Verônica foi uma delas:

:: **De:** Verônica

:: **Para:** Jéssica

Oi, Jéssica!

Tenho novidades. Mais uma vez ando querendo dar uma mudada nas coisas. A Bárbara, minha amiga, diz que eu não sossego. Mas eu sou assim mesmo, o que eu vou fazer? Acho que o meu *blog* vai ser extinto. É que eu e um amigo da minha classe estamos pensando em criar um *site* para falar de abuso e exploração sexual de crianças e adolescentes. O Ricardo já criou alguns, tem experiência, é bom nisso. O que ele me disse foi o seguinte: "Puxa, Verônica! Você tem tantas ideias boas pra falar desse assunto, por que não transformar o *blog* num *site* de uma vez? Você vai ter muito mais recursos. Eu ajudo no que precisar". Viu só que legal? Nós pensamos em colocar vários *links* para levar os internautas a outros *sites* relacionados, alguma chamada do tipo: "Denúncias, clique aqui", além de campanhas que estejam acontecendo no Brasil... Ah! Não só no Brasil, no mundo todo, claro! Podemos colocar textos, entrevistas... e mais algumas coisas que ainda estamos pensando. Está tudo muito cru por enquanto, é uma ideia que surgiu agora. Fiquei sabendo sobre a ONG da qual você faz parte. Tem como vocês me ajudarem? Acha que essa nossa ideia é viável?

Eu já andei fazendo novas pesquisas e encontrei algumas informações superimportantes. Quero ver se isso dá uma chacoalhada nas pessoas. Olha só:

- A primeira forma de maus-tratos contra crianças e adolescentes é a agressão física; o abuso sexual é a segunda.

- No Brasil, 165 crianças ou adolescentes sofrem abuso sexual por dia, ou seja, 7 a cada hora.
- 90% das gestações de jovens com até 14 anos foram frutos de incesto, sendo o autor, na sua maioria, o pai, o tio ou o padrasto.

Beijão e até mais!

:: **De:** Jéssica
:: **Para:** Verônica

Verônica, sua ideia é sensacional!

Conte comigo e com a ONG.

Beijos.

O último *e-mail*, um ano depois

:: **De:** Mirella
:: **Para:** Jéssica

Lembra-se de mim? Espero que sim. Recebi todos os seus *e-mails* me contando sobre a ONG em que trabalha. Eu imaginava que você fosse só uma escritora, foi uma surpresa saber que estava envolvida com essas questões.

Aposto que achou que eu nunca mais ia lhe escrever. É que eu precisava organizar algumas coisas na minha vida. Agora, depois de todo esse tempo, acho que posso lhe contar minha história.

Eu devia ter uns seis anos quando tudo começou. Não entendia direito muitas coisas. Meu pai falava que me amava muito, que eu era a filha preferida dele e que por isso mesmo gostava de dar mais carinho pra mim do que pro meu irmão. Ele me dizia escondido, porque era importante que isso ficasse somente entre nós dois. Nada de contar a minha mãe, ao meu irmão ou a qualquer amiguinha da escola. Ele sempre falava que era nosso segredo. E eu sempre obedeci.

Só que eu fui crescendo e começando a compreender algumas coisas. Não sabia se estava certo tudo aquilo. Fiquei desconfiada, tive medo várias vezes. Aí comecei a me sentir culpada por duvidar das intenções dele. Se era meu pai, ele me amava. E se dizia que aquilo tudo era carinho, eu tinha que acreditar. Ele gostava muito de mim, eu era a filha preferida dele. Foram anos assim. Eu, me sentindo isolada, diferente, triste, culpada, tendo pesadelos, acordando agitada, não confiando em ninguém.

Antes de continuar, preciso confessar uma coisa: eu tenho 17 anos e não 13, como disse no meu primeiro *e-mail*. Escolhi essa idade porque foi nessa época que eu resolvi contar tudo pra minha mãe. Eu precisava confiar em alguém e esse alguém tinha que ser ela. Falei com jeito, medindo cada reação. Meu pai vinha quieto, quando eu estava dormindo, e me abraçava, me beijava, me tocava. Disse isso tudo. Mas ela não acreditou, me chamou de mentirosa. Pior, mentirosa e oferecida. Meu pai ficou sabendo e brigou muito comigo. Não gosto nem de me lembrar.

A partir daí, ele não me tocou mais. Começou a beber além do que já bebia, tornou-se uma pessoa extremamente rude comigo, disse que eu não soube nem agradecer nem retribuir tudo o que ele sentia por mim. Eu era, sim, uma ingrata e, por causa disso, ia carregar essa culpa para o resto dos meus dias.

Tentei levar a vida normalmente, cheia de culpa, remorso e sei-lá-mais-o-quê. Só que a vida lá em casa tinha virado um inferno, eu precisava sair de lá. E consegui sair. De tanto pedir, fui morar com minha avó, mãe da minha mãe. A delegada me disse que o correto seria o meu pai ter sido afastado de casa, e não eu. Mas, naquela época, eu não teria conseguido denunciar, enfrentar, fazer tudo o que fiz agora. Não dava. Na minha cabeça, só o que eu precisava era esquecer todo aquele horror. Então, me entreguei aos estudos e comecei a procurar um trabalho. Eu queria poder me sustentar, levar minha vida adiante e esquecer o passado.

Achei que estivesse conseguindo isso, mas o passado estava ali, não ia embora. Sua história embaralhando minha cabeça. Outras leituras que também vinham parar nas minhas mãos. Quanto mais eu lia, mais as coisas iam voltando, aquelas cenas, o medo de ficar sozinha no meu quarto, o medo do escuro, de volta as mesmas sensações de quando meu pai abria a porta e invadia a minha vida. Tudo tinha voltado, e eu não sabia mais o que fazer.

Mas eu tive sorte, encontrei uma pessoa que me ajudou muito. Consegui confiar nela e contei, falei tudo. Foi até um alívio. Ela me encorajou, disse que ficaria do meu lado para o que desse e viesse, mas eu precisava ser forte, aprender a lutar por meus direitos, de nada adiantava fugir a vida inteira. A responsabilidade disso tudo também era minha, como ela costumava dizer.

Então, algum tempo depois disso, resolvi denunciar meu pai. Era preciso, só assim ele não repetiria a mesma violência com outras crianças. Era preciso quebrar esse ciclo.

A delegada me disse que ele seria responsabilizado pelos seus atos e também orientado a fazer um tratamento. Senti medo, culpa e vergonha por ter contado tudo, revelado esse segredo, mas agora eu entendo que agi corretamente. Mesmo ele tendo negado toda minha versão para a delegada.

Estou fazendo terapia desde essa época. Começo a me sentir mais fortalecida, começo a me conhecer. Também estou aprendendo a lidar melhor com as pessoas. Não quero mais fugir de ninguém, seja onde for, na escola, no trabalho... nem deixar que alguma delas faça comigo alguma coisa que eu não queira. Aprendi a dizer o que penso, a gostar de mim, a me valorizar.

Sei que sua ONG também procura dar apoio para as crianças e os adolescentes que, como eu, passaram por esse tipo de violência. E nós precisamos mesmo de muito apoio. Hoje eu entendo que o abuso sexual é uma relação de poder tão desigual, tão injusta! Mas eu sei que vou conseguir superar toda essa experiência negativa e ter uma vida feliz.

Minha mãe disse à delegada que estava arrasada, que nunca poderia imaginar uma coisa dessas acontecendo na sua própria casa. A delegada lhe falou que dificilmente as crianças mentem quando se trata de abuso sexual. Era preciso acreditar. Mas eu acho que minha mãe, no fundo, também tinha medo de romper com esse silêncio. Fingia que não via, fingia que não sabia... não sei. Só sei que essa sociedade tem que mudar. Crianças e adolescentes não podem ser tratados como objetos sob o domínio do adulto.

Mesmo que meu pai não seja preso, mesmo que não se consiga provar nada contra ele (sei que esses casos são difíceis, a delegada me disse), minha consciência está mais tranquila agora.

Achei que devia lhe dizer isso, Jéssica, afinal você foi uma das responsáveis por eu ter tido a coragem de contar tudo. Sei que senti raiva, menti inclusive sobre minha verdadeira identidade. Não me chamo Mirella. É que, no começo, eu acreditava que você fosse a grande culpada por tirar meu sossego.

Sinto-me leve agora. Meu passado vai ficar no passado. Sem correntes me puxando para o fundo do mar, sem monstros querendo me destruir, querendo tomar minha vida como se ela não tivesse dono. Ela é minha.

Vejo o presente e o futuro. E um mar calmo e tranquilo, sem ondas querendo me engolir ou me arrastar. Permaneço na orla e consigo ver tudo na mais perfeita ordem. Sinto uma brisa suave soprando no meu rosto e me enchendo de paz.

Bárbara.